大 地 大 地 大 地 大 地 大 地 大 地 大 地 大 地 大 地 大

大地文學4

笑談古今

殷登國 著

目錄

自序——古今多少事，都付笑談中

殷登國

一個人一生要走那條路，事先誰也不知道，包括當事人自己。可是，冥冥之中似乎又早註定了，那條就是他無怨無悔該走的路。等到路清楚地浮現在面前、已走完大半時，再回首細細思量，才知道爲什麼會走這條路，早有蛛絲馬跡可尋，只是當時自己並不知道罷了。

我走上研究歷史的路，如今思索起來，可以溯源到小時候的愛聽大人講故事，愛自己找歷史故事書來看。四十多年前，這類的兒童讀物並不多，找到一兩本就欣喜若狂，每一頁細細咀嚼。如今還記得當時我看的「中國歷史故事」，一套好幾冊，三十二開，每冊百來頁，封面用單色印著一個歷史英雄，擺出騰空飛踢的姿勢，同樣的圖案，每冊套印不同的顏色，每冊講五、六則歷史故事。我還記得裡面有一個故事講綠珠墜樓，讀到她淒慘的墜樓殉情時，心中感到無比的震撼——一個人怎麼可以選擇那種方式來結束自己的生命？這問題困惑了幼稚的我。那時我也不過就八、九歲吧。

初中時我完全不知道自己將來要做什麼，也不曾想到過這個嚴肅的問題，直到高三時遇到兩位好老師——教國文的楊文煥先生與教歷史的魯酉生先生，我將來要走的路，才經由他們的循循善誘而逐漸清晰地浮現在眼前。於是大學聯考遂以第一志願考入台大歷史系，而後唸台大歷史研究所，而後終身沉浸在歷史故事的閱讀之中。

才知道歷史中比綠珠墜樓還可歌可泣、震撼人心的故事，可多的是呢。所謂「林子大了，什麼鳥都有」，不讀中國五千年歷史，你永遠不知道一個人可以聰明到那樣、可以陰狠到那樣，可以狡獪到那樣，可以無情到那樣。

不讀歷史，你永遠不會知道人可以想出多少種折磨別人的酷刑；你也不會知道古代竟有方孝孺那樣的忍者，爲了堅持自己的信念——只有明惠帝是正統，他叔叔燕王朱棣篡位得權永遠是反賊——不肯替明成祖朱棣寫即位詔書，眼睜睜看著他的父親、母親、妻子、兒子、女兒、兄弟、伯伯、叔叔、舅舅、嬸嬸、朋友、門生……一個個在他面前被拖下去斬首處死，也不屈服（他只要點一下頭，答應寫即位詔書，他們就統統可以不死），八百七十三條性命在他堅持下全部犧牲了。這位「天下讀書種子」在就義之前，心中承受著多大的自責與痛苦呢？也許你不同意方孝孺的做法，你卻不得不承認方孝孺是中國歷史上最偉大的殉道者，他爲他所信仰的道統背負了最沉重的十字架。

史書浩瀚如海，今人的腳步那樣匆忙，那有時間細細品味、涵泳其間呢？可是不讀歷史，今人又會錯過了許多古人的可貴經驗，許多別人用生命、用鮮血寫下來的教訓，那是多大的損失呢？

也有兩全其美的辦法，那就是聽我說故事。其實每一個動人的歷史故事都像一粒晶瑩剔透、閃閃發光的珍珠，讓我以一個主題作線索，把一則則相關的歷史故事以幽默詼諧的手法串成一串美麗的珍珠項鍊送給你。二十五串美麗的珍珠項鍊，組成了「笑談古今」這本書。

元人羅貫中「三國演義」卷頭詞說：「滾滾長江東逝水，浪花淘盡英雄。是非成敗轉頭空，青山依舊在，幾度夕陽紅。白髮漁樵江渚上，慣看秋月春風。一壺濁酒喜相逢，古今多少事，都付笑談中。」

是的，相逢自是有緣，且容我將古今多少事，都付笑談中，爲你娓娓道來。

中國人的幽默

幽默雖是譯自英文，中國人卻並不缺少幽默；打開古代中國數以百計的笑話書就可以得到證明。

幽默反映出一個人的才學機智、思考方式與人生態度，也反映出他的性情與人格；所以一個人的幽默故事，格外值得想了解他的人沉思玩味。就好像不同民族的幽默笑話反映出不同的民族性一樣，研究民族性格差異的專家可以從一則笑話分辨出它是來自那個民族。

中國人的幽默有那些特色？是個值得專家仔細研究的課題。在沒有得到答案之前，且讓我們直接從題材切入，看看古代中國人詼諧雋永、值得回味的一些幽默故事吧。

張思光妙喻求官

宋太祖趙匡胤曾經當面允諾要讓張思光擔任司馬長史的官位。可是趙匡胤日理萬機，說過之後就把這件事情給忘了。張思光一心巴望著升官，左等右等，等了好幾個月，總不見皇帝頒布他就任新職的人事命令。

張思光有一天特地騎了一匹很瘦的馬上朝。宋太祖見了，訝異的問他說：「你的馬怎麼這麼瘦呢？你一天餵牠吃多少粟米？」

張思光說：「我每天給牠吃一石粟米。」

宋太祖說：「一天吃一石粟米不算少，怎麼還這麼瘦呢？」

張思光笑著說：「我答應給他一石粟米，可是實際上卻不給他啊！」

宋太祖聽了不吭氣，第二天就頒布了張思光的新職令。

蘇東坡恃才諷舅

王祈是蘇東坡的小舅子，喜歡作詩請東坡指教，可是詩寫得太差，蘇東坡每次看了都忍不住要笑。

有一回，王祈對姊夫蘇東坡說：「我有兩句詠竹詩最得意了：葉垂千口劍，幹聳萬條槍。」

蘇東坡說：「好是好極了，可是怎麼十條竹竿才一片葉子呢？」

又一回，王祈作賀雨詩說：「打葉雨拳隨手重，吹涼風口逐人來。」自以為得意。蘇東坡聽了，批評說：「你作詩怎麼如此不合規矩。」

王祈只好說：「是喝醉的時候作的。」

過了幾天，王祈又拿一首詩來請蘇東坡指教，東坡讀後說：「你又喝醉了嗎？」

婁宿孛堇氣死張浚

南宋初年時，太常寺主簿張浚受封為川陝京西諸路宣撫使，奉命駐守秦州（今甘肅天水縣西南）。當時金兵主力屯守於大封縣（今四川茂縣），主將婁宿孛堇則在綏德軍（今陝西綏德縣）督陣。

眾將請張浚出兵襲擊婁宿孛堇，張浚是個書呆子，說：「交戰前必先投戰書，約好時間地點才開始會戰，那有用偷襲的？」就派人向婁宿孛堇投遞戰書。金人卻沒有回信。

張浚火大了，在軍營外的榜上貼紙大書道：「有誰能活捉婁宿孛堇的，封節度使，賞銀萬兩，絹萬匹。」

婁宿孛堇自綏德軍回到大封縣，與宋軍對壘，也在軍營外的榜上大書道：「有誰能活捉張浚的，賞驢一頭，布一匹。」

金秀才笑談死後

南宋初年時，浙江金華有個人叫葉適，以學識兼優、才智過人而考上進士，歷任於潛縣令、常州知府、參知政事、右丞相兼樞密使之職。後來因得罪了湯邦彥，罷相而歸，每天和一些讀書人相聚歡飲，過著悠閒的日子。

有一天，葉適覺得身子很不舒服，就問那些賓客好友們說：「我有預感自己的死期快到了，只是不知道人死後的遭遇好不好？」

有個姓金的秀才說：「死後好得很哪！」

葉適驚訝的說：「你怎麼知道？」

金某回答說：「如果死後不好，要受苦受罪，那些死人必然會爭相逃歸。死者都一去不返，所以知道死後的遭遇很好。」

在座之人聽了都哈哈大笑。

梅駙馬勞而無功

明朝初年，河南夏邑縣有個人叫梅殷，個性恭謹耿直，又兼足智多謀，很得明太祖朱元璋的賞識，在洪武年間把寧國公主許嫁給他，成爲駙馬都尉。

朱元璋臨終時，遺詔梅殷輔佐皇太孫朱允炆。朱允炆即位爲建文帝時，梅殷鎮守淮安，對蠢蠢欲動的燕王朱棣有相當程度的嚇阻作用，但是建文帝卻沒有獎賞梅殷。

有一回梅殷自淮安赴南京晉見建文帝，建文帝稱讚他說：「都尉功勞很大，令朕感念。」

梅殷說：「陛下過譽了，臣只有一半的功勞而已。」
建文帝說：「功勞只有大小之分，那有全部或一半之分的。」
梅殷說：「臣勞而無功（賞賜），豈不是功勞的一半嗎？」

陳子朝妾乃風之始

《詩經・國風》第一篇〈關雎〉，是藉著在河心沙洲上相鳴求愛的雎鳩來起頭，帶出「窈窕淑女，君子好逑」的主題，說男歡女愛是天經地義之事。國風是各國的歌謠，歌謠也多半是風詠男女相悅幽歡之事，所以中國人把色癆腎虧等性病也稱爲「風疾」。

明朝時，吳給事的女兒以聰明伶俐、工於詩詞著稱，後來嫁給四川華陽的名儒陳子朝爲妻。陳子朝晚年時迷戀一個女子，把她娶回家作小老婆，因爲日夜疼愛，縱慾過度，陳子朝便得了風疾，躺在床上爬不起來。

陳子朝的親友聞訊都趕來探病，髮妻吳氏便酸溜溜地指著也在病榻邊的那位寵妾，對探病的親友們說：「這就是風疾的始因哪！」

張談璣不管吃醋事

清朝時，張談璣出任浙江轉運使。張是山東人，個性寬和幽默，很會說笑話。

有一天，張談璣下班後，坐著轎子打道回府，才走出衙門，就遇見一個婦人攔轎伸冤。

張談璣問對方有何冤情？

婦人說：「我丈夫偏心，只寵愛小老婆，把我這個大老婆冷落在一旁，毫不理睬，請求大老爺替我作主。」

張談璣聽後，用杭州土話從容對婦人說：「阿奶，我是鹽務官，並不是知縣大爺，我只管人家吃鹽的事，不管人家吃醋的事啊！」

說完後，笑著叫人好好把婦人扶到一旁去，就喝令起駕，自顧自的走了。

張百熙辦新學堂

清朝同治年間考中進士的張百熙，字冶秋，是湖南長沙人，官作到郵傳部尚書，為人公正嚴明，而時出詼諧之語。

光緒三十一年，清廷廢止了科舉考試，設立京師大學堂，由張百熙擔任管學大臣以主其事，宣布教育宗旨以忠君、尊孔、尚公、尚武、尚實為主。將學制分為初等學堂、中等學堂、高等學堂、大學堂、通儒院等階段，另設農工商實業學堂。大抵以日本之學制為範本，兼採歐洲諸國之長，希望藉此振興教育、培育人才，以趕上歐日等強國。

可是當時一般士大夫仇外心理甚深，對新式教育百般阻撓，張百熙心知責任艱鉅，把所有的執事大臣召集來說：「新學堂能辦好，你們是袞袞諸公；不能辦好，那就諸公滾滾吧！」

錢恂取菜名寓意深遠

中英鴉片戰爭之後，清廷深感外交之重要與人才之缺乏，特於北京設置總理各國通商事務衙門，簡稱「總理衙門」，專辦對外交涉事宜。

可是入主總理衙門之王公大臣及辦事職員大多為驕矜無知、不學無術的滿族權貴、紈袴子弟們，不但昧於國際局勢，又深懷畏洋心態，不管戰勝戰敗，都和洋人簽下割地賠款、喪權辱國之不平等條約；可是對內又個個趾高氣揚，自恃尊貴，連官階職等都要比其他部門高出三級。

當時有位外交家叫錢恂，對此現象深感氣憤；一日在宴客時推出一道以雞肉丁、雞肫丁和雞肝丁蒸蛋的新菜，取名爲「總理衙門」。

衆客不解其意，錢恂說：雞蛋打散了是混蛋，加入三種雞丁同蒸是加三雞，合起來就是「混蛋加三級」。

李抱忱與團員眉來眼去

民初時著名的音樂家李抱忱是美國哥倫比亞大學音樂教育博士，作品如「聞笛」、「離別歌」等樂曲流傳甚廣，致力於國內之音樂教育貢獻尤大。

李抱忱在指揮合唱團的學生們練唱時，發現他們常專注看譜、不看他指揮，就對同學們說：「好的合唱團員把樂譜記在腦袋裡，不好的團員把腦袋埋在樂譜裡。正式演出時，咱們不能說話，只能彼此眉來眼去，所以請大家多賞我幾眼，不要老是埋頭苦幹。」

一席話說得大家哈哈大笑，輕鬆的氣氛下糾正了樂團的毛病，此後唱歌時，團員們的眼睛再也不離指揮了。

廖冰兄非廖冰之兄

民國三十四年，著名漫畫家廖冰兄在重慶展出漫畫「貓國春秋」，當時在四川的許多文化界名人都應邀前往會場，參加首展剪綵儀式。

席間，作家郭沫若問廖冰兄說：「你的名字爲何這麼古怪，自稱爲兄呢？」版畫家王琦搶著代爲解釋說：「他妹妹叫廖冰，所以他叫廖冰兄。」郭沫若聽後哈哈大笑說：「噢，我明白了，原來邵力子的爸爸叫邵力，郁達夫的老婆叫郁達。」滿堂賓客聽了都捧腹大笑。

郁達夫演講快短命

名作家郁達夫有一次應邀演講文藝創作，他上台後在黑板上寫了「快短命」三個字。

台下聽眾都滿頭霧水，不知何意。

郁達夫說：「本人今天要講的題目是『文藝創作的基本概念』，黑板上的三個字就是要訣。『快』是酣暢痛快，『短』是簡短扼要，『命』是不離命題。演講就和作文一樣，不可以長篇大論，說得天花亂墜、離題太遠，完了。」隨即一鞠躬下台，前後總共不到兩分鐘。

胡適之見實乃胡說

也是演講。

著名的學者胡適經常到大學裡去演講。有一次，他應邀去某大學講述中國思想史。講述中，他常引用孔子、孟子、王陽明、孫中山先生的話，引用時，他就在黑板上寫：「孔說」、「孟說」、「王說」、「孫說」……。

最後，他發表自己的意見時，竟引起了哄堂大笑，原來他在黑板上寫道：「胡說」。

張大千小人敬君子

國畫大師張大千的好友徐悲鴻、趙望雲都擅長畫馬，而徐的名氣比趙大，趙望雲很不服氣。

有一天，趙望雲見到張大千，就問他說：「大家都說悲鴻畫馬比我畫得好，你說說看，到底是誰畫的好？」

張大千說：「我的意見和大家一樣。」

趙望雲聽了不死心地追問：「爲什麼？」

張大千說：「他畫的是賽跑的馬，你畫的是耕田的馬，身價自然不同嘍。」

抗戰勝利後，張大千要從上海回四川老家內江縣，他的學生設宴爲他餞行，邀請名京劇藝術家梅蘭芳等社會名流作陪。

宴會開始，張大千向梅蘭芳敬酒說：「梅先生，你是君子，我是小人，小人先敬君子一杯。」

梅蘭芳大惑不解，衆賓客也莫名其妙。

張大千笑著解釋說：「你動口唱戲，我動手畫畫，君子動口，小人動手。」

張大千留了一口長長的鬍子，常常成爲衆人矚目的焦點和談論的話題。有一次聚宴，朋友又拿他的鬍子作文章，半是讚美、半帶消遣。

張大千聽後說：「我也講個有關鬍子的故事：三國時代，蜀王劉備在關羽、張飛亡故後，特意興師伐吳打算爲弟報仇。關羽之子關興與張飛之子張苞復仇心切，爭作先鋒。爲求公平，劉備說：『你們分別講述父親的戰功，誰講得多，誰就當先鋒。』張苞搶先說：『先父喝斷長板橋、夜戰馬超、智取瓦口、度釋嚴顏。』關興有些口拙，但也不甘示弱地說：『先父鬚長數尺，獻帝當面稱爲美髯公，所以先鋒一職理當歸我。』這時關公立在雲端，聽完後不禁大罵道：『不肖的兒子呀！爲父當年殺顏良、誅文醜，過五關、斬六將、單刀赴會、威震三軍，這些光榮的戰績都講不完，你幹嘛光講你老子的一口鬍子呢？』」

辜鴻銘應徵塾師

也和關羽有關。

有個富翁以刻薄刁鑽出名。有一次，他替兒子請塾師，贄敬十分豐厚，可是甄選塾師的考題卻很怪。

「關雲長爲什麼和郭子儀大戰一場？」

這個「張飛殺岳飛，殺得滿天飛」的荒謬考題難倒了所有前來應徵的飽學之士。

後來，有個年輕人也來應徵，富翁又拿這個題目來爲難他。年輕人說了一段故事：「關羽昇天後，玉皇大帝敬其忠烈，派命他協助嫦娥鎮守月宮。過了若干甲子，到了唐朝天寶年間，有一天唐明皇一時興起要遊月宮，帶了大將郭子儀保駕，由道士羅公遠折一桂枝向空擲去、化爲一橋，就登天橋直上月宮了。唐明皇是個風流天子，有了梅妃、楊貴妃、虢國夫人還不滿足，又看上了美麗的嫦娥，就上前打算加以調戲。玉潔冰清的嫦娥嚇得花容失色，趕忙命關雲長擋駕。郭子儀保著唐明皇，硬要闖關擄人，兩人一言不和在雲端大打出手。幾十回合下來，畢竟薑是老的辣，郭子儀漸露下風，只好虛晃一招，回馬便走。關公奮起神威，掄起青龍偃月刀直砍下來，一刀劈開雲彩，顯出四個大字。」

富翁聽得津津有味，年輕人卻不肯再講下去了，直到富翁取出贄敬，遞上聘書，他才說出這四個字是：「豈有此理。」

據說，這個年輕人就是後來學貫中西的大學者辜鴻銘。

錢鍾書姓錢不愛錢

另一位學貫中西的大學者錢鍾書以小說《圍城》、論著《談藝錄》、《管錐篇》而譽滿中外，卻最怕出名，很少在公開場合露面，從不參加任何會議。

有一次，一位英國女士慕名求見，錢鍾書執意謝絕。他在電話中對那位女士說：「小姐，假如妳吃了個雞蛋，覺得味道不錯，何必一定要認識那隻下蛋的母雞呢？」

錢鍾書的《圍城》被拍成電視連續劇，電視台要付給他萬餘元的稿酬，他卻執意不收。大陸十八家省級電視台聯合拍攝「當代中華文化名人錄」，錢鍾書被列爲首批三十六人之一，他卻婉言謝絕了。別人告訴他，受訪者會有一筆酬金時，錢鍾書笑說：「我都姓錢姓了一輩子，難道還會愛錢嗎？」

錢鍾書精通中文、英文、法文、德文、拉丁文：學問涵蓋古今、打通中西，《談藝錄》、《管錐篇》是中西文化比較的巨著，譽滿中外學術界。因爲「錢學」之興，許多人也趕時髦大談中西文化之比較。

錢鍾書忿然地說：「有些人連中文、西文都不懂，談得上什麼比較？戈培爾說過：有人和我談文化，我就拔出手槍來。現在要是有人和我談中西文化比較，如果我有手槍的話，我也一定要拔出來。」

劉文典痛批新文藝作家

錢鍾書學問太大，當然可以如此自傲。民初時另有一位國學大師劉文典，也因才高學廣而語多狂傲。劉文典師承儀徵劉師培，得劉之正傳，精於莊子、漢魏晉南北朝文學及晚唐詞，堪稱海內第一，甚得學界泰斗章太炎之推重。

劉文典最瞧不起新詩人及新文學作家，上課時常對學生們說：「他們（指新詩人、新文學作家）不似你們幸運，你們今天在這裡讀書，政府請了我來教你們，他們可憐，他們幼年失學，世界上只有幼年失學的人最可憐。」

抗戰時期，劉文典在西南聯大開設「莊子」、「文選」等課程，對當時在中文系講授語體文習作的某作家尤其蔑視。當他得知西南聯大要提升這位作家爲教授時，曾勃然大怒說：「陳寅恪才是眞正的教授，他該拿四百塊錢，我該拿四十塊錢，朱自清該拿四塊錢，可是某某四毛錢也不值。他要是教授，那我是什麼？」

一次空襲警報，劉文典和學生們一起往城外山丘逃，他看到那位先生也在跑警報，當場大怒說：「我跑是爲了保存國粹，學生們跑是爲了保留下一代的希望，可是該死的你幹什麼跑啊？」

（民國八十八年六月二十一日）

愛乾淨的人

我認識一位朋友，他們夫妻都很愛乾淨。

他們家的沙發因爲長年罩著布套而一塵不染，廚房因隨時擦洗而不沾一點油星。他們沒有小孩，因而更能把全副精力花在清理居家環境上面，且長期保持戰果，使每個房間都散發出一股筆墨難以形容的清潔的味道。當冬天來臨，每下過一場雪後，他們立刻從車庫推出剷雪機，把車道上的積雪剷起推走，再用雪鏟、掃帚把零星的雪花掃淨。在一片白茫茫的雪地中，那一大塊露出黑色拼花地磚的車道顯得格外突兀醒目，讓人錯以爲老天爺忘了降雪在他家。

在國內，要檢驗一家人愛乾淨的程度是看廚房、看地板和爐台有沒有殘留油漬；在國外則是看車庫。因爲每家人的車庫都會因日益增加的各式工具、器材、整袋的花肥土壤、剷雪機、除草機、長梯、推車、剩餘的木板木條、備用的成堆木柴……，而淪爲雜物堆積庫房，使雙車車庫變成了單車車庫，甚而零車車庫，最後被迫把車子停在車庫外，冬天時只好在車道上搭臨時的雪棚。我這位愛乾淨的朋友家的車庫，套用他鄰居的形容詞，在任何時候去突擊檢查，結果都比任何人家的客廳（招待訪客的門面重地）還要整齊清潔。連車庫地上的瓷磚都要打蠟，可以坐臥打滾而不虞弄髒衣服，其他也就可以想見了。

愛乾淨是個良好的衛生習慣。可是愛乾淨也是一種天性，後天是學不來的；至少對我來說，就是件心嚮往之而實不能至的事情。因爲我的個性怕麻煩，凡事將就現實隨遇而安，相信多一事不如少一事。我沒有心力去對付髒亂，認爲人生裡還有許多比消除髒亂更重要的事情要做。

我說愛乾淨是一種天性，是有根據的，古書上有許多例子。那些雅有潔癖的人全都樂在其中，到老不改，至死不悔，令人嘖嘖稱奇，拍案叫絕。

唐朝大詩人王維就雅有潔癖，他晚年隱居在藍田的輞川別墅時，規定家裡內外的地上不許有一點點灰塵、落葉；每天有十幾個人專門負責打掃清潔，另外有兩個家僮每天專門忙著縛製掃帚。饒是這樣，有時候還供應不及打掃之需呢！

北宋大畫家米芾的潔癖更嚴重，他每天一定要洗好幾十次的手，嫌手不乾淨；洗的時候命令僕人用長柄銀斗舀水倒在他手上洗，不許僕人碰他洗手的水；洗好後兩手相拍猛甩至乾，不用毛巾擦手，嫌毛巾不乾淨。他身上的衣服只要有一點髒，就脫下來換洗，一天脫換十幾套衣服也不嫌麻煩，結果他的衣服往往是洗壞而不是穿壞的。

米芾住在南京時，有年看到科考放榜的榜單上有個人叫段拂，字去塵，心想這人又「拂」又「去塵」，必然很愛乾淨，就親自登門拜訪段某，還把美麗的女兒許嫁給他。名字取得好，便宜享不了，此又是一例。

宋朝時還有個愛乾淨的人名叫王思微，他嫌別人的手腳不乾淨，隨從拿衣服給他穿時，事先都得先用白紙把指頭裹起來，才許碰他的衣服。

王思微在院子裡養了一條狗，一向不許牠靠近屋前。有一天，狗跑到屋子前面，在柱子上擦了一下身子，恰巧被王思微看到了。

王思微嫌髒，叫僕人拿清水肥皂去洗刷狗碰過的地方。

僕人洗刷了老半天，王思微還嫌不乾淨，就叫僕人找一把利刃來，把狗碰過的地方刮削掉。

僕人刮削了好久，王思微還是嫌不乾淨，最後乾脆叫工匠來，把弄髒的柱子卸下，重新換一根新的柱子。

元朝的高士倪雲林愛乾淨更是出了名。有個朋友在他家裡過夜，他怕友人弄髒了他的屋子，半夜裡一連起來好多次，躡足潛行到屋外偷聽，倪雲林隱約聽到屋裡有一聲咳嗽，心中頓時一陣噁心，回房後繞室而走，徹夜不眠。第二天一早把朋友送走後，立刻命家僮進屋趴到地上，四處尋找痰痕。

家僮找了好久都找不到痰痕，怕主人責打，只好找一片上面有積垢、樣子像痰痕的敗葉來交差塞責。

倪雲林見了敗葉，掩鼻閉目，命童子持赴三里以外之地丟棄。

後來元朝末年天下大亂，倪雲林把家財散盡，浪跡於太湖三泖間，有時寄寓朋友家，有時住在古廟裡。他流亡了將近二十年，到明太祖洪武七年秋，才想要落葉歸根而重返故鄉無錫；可是老家早被戰火燒成一片瓦礫，七十四歲的倪雲林只好借住在姻親鄒惟高家中。

鄒惟高以塾師爲業，曾有個學生叫金宣伯，後來作了他的女婿。有一天，金宣伯來探望老丈人，倪雲林聽說金某是個讀書人，便很高興的趕到門外去迎接。可是他在門口看到金宣伯穿得又骯髒又邋遢，頓時勃然大怒，上前就給金某兩巴掌，厲聲斥喝道：「哪裡來的髒鬼？還不快滾？」

金宣伯又愧又怒，掉頭就走了。

鄒惟高聞訊趕出來，問他女婿人呢？倪雲林說：「金宣伯一身骯髒，面目可憎，語言無味，被我教訓了一頓後，攆走了。」

有潔癖的人，是到老也愛乾淨，並且連別人髒不髒也要管。

跟以上那些愛乾淨的古人相比，我的朋友自然還有待努力，可是這樣已讓他們夫妻倆每天從早到晚有忙不完的事情，結果使他們的身體都因勤勞而變得健康強壯，看起來至少比實際的年齡小上二十歲。

可是愛乾淨也有愛乾淨的缺點。因爲愛乾淨，他們洗過的衣服不敢晾曬在戶外，怕有蜘蛛落在上頭，也就不能讓衣服接受陽光的殺菌作用；因爲愛乾淨，所以他們雖然愛鳥卻不能爲野鳥準備水盆食槽，怕引來鳥糞弄污了陽台，也就無法觀賞鳥雀翔集啄食之情景；因爲愛乾淨，所以他們要不停的撿拾落葉、摘除殘花、洗刷地板、油漆欄杆……，忙得連睡午覺的時間都挪不出來，無法享受悠閒之樂。

天底下沒有十全十美的事情，果眞如此。

（民國八十七年六月二十六日中華副刊）

懶惰萬歲

從小到大，師長都教導我們要養成勤勞的好習慣，說：「早起三光，晚起三慌。」說：「一日之計在於晨，一歲之計在於春，一生之計在於勤。」兒童們還懵懵懂懂的時候，已經把「勤有功，戲無益，戒之哉，宜勉力」背得朗朗上口、滾瓜爛熟了，一副以聖賢爲職志、以天下爲己任的模樣。

懶惰二字，立身之賊也？

老祖宗一面歌頌勤勞的美德，一面詆毀懶惰是一樁罪惡，千萬不可養成「好吃懶做」的壞毛病。南北朝時的名儒顏之推在《顏氏家訓》裡，就訓誡他的子弟說：「天下事以勤而廢者十之一，以惰而廢者十之九。」明朝人呂新吾《呻吟語》一書卷二也說：「『懶散』二字，立身之賊也；千德萬業，日怠廢而無成；千罪萬惡，日橫恣而無制；皆此二字爲之。」

清人胡澹菴輯《繪圖解人頤》一書卷上，也收錄了一首〈勤懶歌〉，再三強調勤勞的好處和懶惰的壞處說：

為人在世莫嗜懶，
嗜懶之人才智短；
臨老噬臍悲已晚。
士而懶，終身布衣不能換；
農而懶，食不充腸衣不暖；
工而懶，積聚萬貫成星散。
又不見，人生天地惟在勤；
原勤之本在乎心，
若能自強而不息，
先須抖擻已精神。
士而勤，萬里青雲可致身；

農而勤，盈盈倉廩成列陳，
工而勤，巧手超群能動人。
商而勤，腰中常纏十萬金。
噫嘻噫嘻復噫嘻，
只在勤兮與懶兮。
丈夫志氣掀天地，
擬上百尺竿頭立。
百尺竿頭立不難，
一勤天下無難事。

文學中的懶人百態

把懶惰的人拿來諷罵嘲笑，也是俗文學裡常見的事。明人馮夢龍《笑林廣記》卷五有則〈白鼻貓〉說：有個人非常懶惰，整天躺在床上不肯起來，連三餐都懶得去吃，結果終於餓死了。懶鬼到了陰間，閻羅王對他說：「你這個懶鬼，實在懶得不像話，罰你下輩子投胎變作貓，每天夜裡沒覺睡，給我勤快地抓老鼠。」懶鬼說：「變貓可以，求閻羅王賜我一身黑毛，單單在鼻子的地方留一塊白，小的就感激不盡了。」閻羅王問：「這是什麼道理？」懶鬼說：「我變成黑貓，躲在黑地裡，老鼠看不見我，只看到我的白鼻子，還以爲是塊米糕哩，貪想偷吃，跑近跟前來，被我一口咬住，豈不省卻了許多力氣嗎？」

清人程世爵的《笑林廣記》裡，也有一則〈懶婦〉說：有個婦人很懶惰，日常雜務和每天的三餐，都是由丈夫來料理，她只知衣來伸手、飯來張口。有一天，丈夫將要出遠門，過五天才回來，恐怕妻子懶惰挨餓，就烙了一張夠吃五天的大餅，套在她的脖子上，這才放心地出門。丈夫回家時，妻子已餓死三天了，他嚇了一大跳，趨前細看，才發現妻子只吃了面前靠近嘴巴地方的餅，吃了一個缺口，其餘的餅都沒有動。

這則〈懶婦〉原出於佛教經典《百喩經》，可見佛徒對女性頗有偏見，可是中國人原本也歧視女性，〈懶婦〉的故事可說是「一拍即合」，因爲「懶」字當初就從「女」字邊，寫成「嬾」。北平兒歌也諷罵懶惰邋遢的婦人說：「頭不梳，臉不洗，拿起尿盆兒就舀米。」都把懶女人罵得既兇且絕。

令人噴飯的歷史懶人

其實懈惰絕不是女人的專利，把「懶」寫作「嬾」，是有點兒冤枉了女人。撇開兒歌笑話那些捕風捉影、作不得準的例證不說，翻開正史典籍一看，懶惰出名的幾乎全是男性。

在《昭明文選》一書裡，輯錄了晉人嵇康（字叔夜）的〈與山巨源絕交書〉，在這封信上，嵇康就坦承他自己很懶，懶到半個月、一個月都不洗臉、不洗澡，連尿急了都懶得去溺，要在膀胱裡憋上老半天，有白紙黑字爲證：「吾……不涉經學，性復疏嬾，筋駑肉緩，頭面常一月十五日不洗，不大悶癢，不能沐也。每當小便，而忍不起，令胞（膀胱）中略轉乃起耳。」嵇康懶成這樣，當然就不免「性復多蝨，把搔無已」了，可以和當時另一位又懶又髒的名士王猛一塊兒「捫蝨清談」，傳爲千古佳話。

嵇康的懶惰其實是有原因的，因爲西晉政局動盪不安，出仕簡直是拿自己的性命開玩笑，所以嵇康聽說好友山濤要去作官，馬上寫信去規勸，甚而不惜以絕交來威脅山濤。此正所謂：「名利心盡，則其人必懶」。

誰是天下第一懶？

唐朝時的大詩人白居易，也因爲仕途不順而心灰意懶，什麼事都不想做。他有一首〈詠慵〉說：

有官慵不選，有田慵不農。
屋穿慵不葺，衣裂慵不縫。
有酒慵不酌，無異尊常空。
有琴慵不彈，亦與無弦同。
家人告飯盡，欲炊慵不舂。
親朋寄書至，欲讀慵開封。
嘗聞嵇叔夜，一生在慵中。

彈琴復鍛鐵，比我未為慵。

最後四句說嵇康雖慵懶，還曾彈琴鍛鐵，我白居易連這兩樣也不會，可謂比他還懶。

後世因不求名、不求利而變得比較懶散的名人當然還頗有許多，像清中末葉淡水竹塹人、任職明志書院教授的鄭用鑑，就是位喜歡偷懶的學者。他有一首七言律詩〈懶〉描述自己懶惰的景況說：

日長不覺意都灰，
怕整衣冠畏客來。
夜榻未移思月就，
晨書偶閱趁風開。
經旬硯垢無人洗，
作答書遲任友催。

莫笑灌花憑雨到，
小庭花木信天栽。

懶到硯臺積垢卻經旬不洗、風吹書頁始趁便偶閱，這位鄭先生懶得可眞有意思。

愈勤勞，離死期愈近？

古代中國推崇勤勞、憎惡懶惰是有道理的，因爲在農業社會裡，無論吃喝穿用，一切物資都要靠人力的投入才能有收穫，所以勤勞成了一種美德；可是如今已邁入工業社會了，一切民生所需都可以利用機器大量生重、或以機器替代人力來工作，人還需要那麼勤勞嗎？是不是應該偶而偷偷懶，過過悠閒寫意的生活、遐想一些不著邊際的夢呢？

生物學家說，絕大多數的動物都只有在獵食和求偶時才勤勞地忙碌著，此外的時間都在休息、睡覺或懶散地呆坐、閒逛，因爲牠們的生命好像電池一樣，愈勤勞工作就消耗得愈快，也就是離死期愈近，就算吃再多營養的食物也補充不了生命的電池，所以牠們絕不會爲了貪婪的累積連下輩子、下下輩子也花不完的財富和物資而去賣命的勤奮工作，牠們沒有聰明的人類那麼愚笨。

難怪在動物身上，找不到罹患精神官能症的病例。

懶惰好處多

勤勞鼓勵人們拚命賺錢、拚命消費，每天把大好時光花在賺更多的錢、買更多的商品上，結果還來不及享受自己勤勞的成果，就百病纏身、未老先衰、一命嗚呼了，勤勞使人變得貪得無厭、目光短淺，不但快速消耗盡地球有限的資源，也白白蹧蹋了人們短暫可貴的一生。

相反的，懶惰卻教人悠閒從容、與世無爭。如果大家都懶惰一些，那麼地球有限的資源就不會面臨被開發殆盡的危機，而有生生不息的機會。如果漁民懶惰一些，魚蝦就捕捉不盡了；如果樵夫懶惰一些，森林就砍伐不盡了；如果礦工懶惰一些，地下資源就開採不盡了；如果獵人懶惰一些，鳥獸就捕捉不盡了；因爲大家都太勤勞、太貪婪，所以地球的生態已陷人空前的浩劫中，人類難道還不該及時反省，以懶治勤嗎？

懶惰的好處還多著呢！如果世人都很懶惰的話，這個世界一定不再有戰爭，因爲大家都懶得打仗；地球也不會有人口爆炸的危機，因爲大家連做愛都懶得做了，沒有人口過剩也就沒有糧食短缺、交通擁擠、能源不足……等問題，這豈不是天下太平的大同世界了嗎？

懶惰萬歲！

（民國八十二年四月二十四日自由時報）

快樂

自從退出朝九晚五的上班族行列，作一個專職的作家後，每天裡有三樁快樂的事情：清早出門，到台北市立體育館運動場跑完五千公尺後，用濕毛巾抹臉擦汗的時刻；中午飯後躺在床上、蓋好被子，享受一個小時的午睡；晚上絞盡腦汁終於把一篇比較難寫的稿子寫完之時。

也許不少讀者看了我上面所說的三樁樂事，會啞然失笑的說：「這那算什麼快樂嘛？眞是……井底之蛙。」可是比起春秋時代的隱士榮啓期，我的快樂可能還算比較像樣些呢。

晉人皇甫謐《高士傳》卷上說：孔子有一天遊泰山，看到一個白髮皤皤、穿著鹿皮大衣的隱士，坐在路邊彈琴高歌，一副快樂得不得了的模樣。孔子請教了他的尊姓大名後，好奇的問道：「榮先生啊，你爲何這樣快樂呢？」榮啓期回答說：

「我有好多讓我快樂的事。天生萬物，只有人最尊貴，我能夠投胎作人，是第一樁樂事；人分男女，男尊女卑，我能夠作男人，是第二樁樂事；壽命有長短，有的人還沒長大就夭折了，我卻能夠活到九十歲，是第三樁樂事。有這三樁樂事，你說我能不高興嗎？」像榮先生作個老男人就笑逐顏開、樂不可支，我的三樁樂事豈不更理直氣壯些嗎？

不一樣的人，心中期盼的快樂也不一樣。《霸王別姬》裡那個吃苦挨打、從小學戲的「小癩子」認爲，天下最快樂的事情就是吃一串糖葫蘆，讓人想起明朝人謝肇淛《五雜俎》書中兩個窮措大的對話，一個說：「我覺得天下最快樂的事情就是吃飯和睡覺。如果有朝一日我發了大財，我要吃飽了飯就睡、睡醒起來又吃，那該有多樂啊！」另一個說：「我跟你不一樣，到那時候我要吃了又吃，那有空睡覺啊？」吃一串糖葫蘆或頓頓吃飽飯就算人生莫大之樂事，大概許多讀者都要大不以爲然吧。

然則，什麼又才眞是大家認可的快樂呢？清朝時，江蘇武進有個讀書人名叫錢橫山，文章詩詞都寫得很好，可是一直到四十歲才討老婆，完成終身大事。中國有句老話，認爲「久旱逢甘霖，他鄉遇故知，洞房花燭夜，金榜題名時」是人生四大樂事，錢橫山對此姍姍來遲的快樂備感珍惜，新婚次日忍不住作了一首詩以誌感懷說：

四十年來娶一妻，
果然一件好東西；
東西放在東西裡，
睡到天明喔喔啼。

可是，許多結了婚的人並不認爲和老婆敦倫是件多麼快樂的事情，因爲「老婆是別人的好」，和別的女人敦倫才眞快樂。《多桑蒙古史》上說：元太祖成吉思汗有一回問他的大將那顏不兒古赤說；「人生裡面什麼事情最快樂？」那顏不兒古赤回答說：「春天裡騎著駿馬，架著鷹鶻奔馳在草原上打獵，是最快樂的事情。」成吉思汗又拿同樣的問題問其他的將軍們，大家的回答都和那顏不兒古赤相同。成吉思汗說：「不對，人生最大的快樂就是打敗敵人、趕跑敵人，把敵人的財物奪為己有、把敵人的妻子女兒搶過來玩。」多少男人癡心妄想卻不敢說出口的快樂，唯獨成吉思汗敢說敢做，說得那樣坦白赤裸、做得那樣盡情盡興。難怪他要成大功、立大業，留名千古。放眼古今中外，只有日本首相伊藤博文曾委婉的說過和成吉思汗意思差不多的話，他說：「男人最大的樂事在於醉臥美人膝，醒掌天下權。」

為了滿足許多男人這種敢做而不敢說的快樂，古代中國採行了一夫多妻的婚姻制度，讓男人在老婆之外，還可以把其他喜歡的女人娶回家作小老婆；沒錢討小老婆的男人也可以到青樓妓院逢場作戲、買笑追歡。儘管時代在變、制度在變，這個變通的辦法一直沿用至今仍未曾禁絕。

可是，如果家中有一位「愛吃醋」的「悍婦」，男人的這種快樂就不免遭受剝奪了。南宋著名的史學家洪邁，年紀輕輕的時候就作了高官，家中又很有錢。現成許多年輕美麗的歌伎，可供他耳目聲色之娛；可是洪邁的原配夫人既悍且妒，所以他一直沒辦法和那些歌伎們談情說愛、雲雨巫山。後來洪邁的髮妻生病死了，擔任饒州知府的好友王佐知道以後，特地趕到洪家來弔喪，安慰洪邁要節哀順變。

王佐在廳堂行禮如儀後，洪邁不讓他走，請他到後廳去喝酒吃飯。王佐舉起酒杯，正不知該祝賀主人什麼之時，忽然從帷幕後面走出許多年輕美麗的女子，人人滿面笑容的把他們圍了起來。原來是洪邁家的歌伎侍姬們前來陪酒助興呢。兩人盡興的跟美女們打情罵俏、謔浪調笑。酒筵過半時，醉醺醺的洪邁對王佐說：「你不是要祝賀我什麼嗎？你就祝賀我老婆死了吧。難怪人家都說升官、發財、死老婆是男人的三大樂事，我到今天才知道這話說得眞對啊！」

你可以不同意洪邁的說法，可是你卻不能不承認洪邁說這些話時心裡眞的很快樂。

許多人都認爲：一個人要有錢有勢、有人伺候、有人奉承之後，才能享受快樂的生活；上面舉的許多快樂與不快樂的故事，似乎也多半和財富權勢的有無息息相關。但是事實上愈有錢的人不見得愈快樂，愈出名的人不見得愈快樂，倒是那些粗茶淡飯、知足惜福、不求名利的人，反而比許多有錢有勢的人更快樂。

宋人施德操《北窗炙輠錄》中有個故事說：里巷中有個人，賣餅爲生，喜歡吹笛，每天賺夠了吃飽飯的錢就收起攤子不賣了，回家休息，取出笛子來吹，笛聲嘹亮悅耳，聲動鄰里。賣餅人就這樣安排生活，過了一年多。他的鄰居是個富翁，觀察了很久，覺得他忠實可靠，有一天上門來問說：「你每天挑擔賣餅，十分辛苦，爲什麼不改行做其他的生意呢？」

賣餅人說：「我賣餅爲生，日子過得很快樂，爲什麼要改行呢？」

富翁說：「賣餅雖然可以過活，可是沒法積蓄，萬一有個疾病患難，你怎麼辦？」

賣餅人說：「那你可有什麼好意見嗎？」

富翁說：「我借你一千萬，隨你拿去什麼生意，好不好？這樣你不但平常可有溫飽之樂，萬一生病或遇到困難時，也有閒錢應付，比你賣餅強多了。」

賣餅人不肯，富翁再三堅持，他才答應了。富翁把錢給賣餅人之後，里巷間再也聽不到輕快悅耳的笛聲了，只偶爾聽到他家傳出撥算盤珠子的聲音。幾個月下來，賣餅人大爲懊悔，趕忙結束營業把錢收回來還給富翁，還是回到賣餅的老本行。第二天，他家又傳出快樂的笛聲了。

有欲望才可能有快樂，快樂來自於欲望的滿足。一個六根清淨、無欲而剛的修道者，他的生活裡既沒有苦惱、當然也沒有快樂；芸芸衆生則不然，他們有各式各樣的欲望，在欲望不滿時悲嘆苦惱，在欲望滿足時歡喜快樂。

獲得快樂的秘訣在於把欲望設定在自己能力所及、可以操控的範圍內。做自己喜歡做的工作，不要太計較職位的高低、報酬的多寡；不放過任何可以幫助別人的機會；工作再忙也要忙裡偷閒，挪一點時間出來給自己的健康和嗜好、給家人和子女；遇到失敗挫折時不要把事情看得太嚴重，因爲自盤古開天以來就沒有事事一帆風順的人，只要自己盡了力就可以無愧無憾……。

有這樣的認知，也許日子會過得比較快樂些吧。

（民國八十三年四月十日中華副刊）

便宜蟲子

在我的家鄉揚州有一句土話，說「人是便宜蟲子」，一語道破了最普遍而深隴的人性。

人都喜歡貪便宜，所以台語稱「便宜」爲「俗」，意思指「世俗之所好」。能貪大便宜最好，比如在房地產價格低迷時期買房子，又碰上移民國外急欲脫手的屋主，明明值一千萬的房子，六百五十萬元就買到手了；又比如上股票市場做股票投資，什麼理論也不懂，全憑第六感買賣，結果買什麼股票，那支股票就漲，賣什麼股票，那支股票就跌，天天都賺漲停板，這是大便宜。沒有大便宜可貪，小便宜貪也不錯，上菜場買斤蘿蔔要賣菜的饒把青蔥、買斤絞肉要賣肉的添塊肥油，這是小便宜。只要能占到便宜，心裡就可以歡喜好長一段時間。占到的便宜愈大，歡喜就持續得愈久。

聽說衛生紙、沙拉油要漲了，大家就飛快的趕到超級市場買十條、八條的衛生紙，拚半打一打的沙拉油，拚回家放著；聽說紙張漲價了，書籍報紙的價格蠢蠢欲動，有上漲百分之五十的可能，大家就匆匆的跑到書店把早已想買的書買回家、預訂個兩年的報紙。爲什麼如此的「聞漲起舞」？貪便宜也。

商人看準了顧客好貪便宜的心理，於是用各種讓顧客占便宜的促銷花招來吸引買主上門。什麼「開業周年慶一律七折大優待」、「慶祝母親節六五折大減價」、「房租到期結束營業對折大清倉」、「換季大減價三折起」、「老闆不在家跳樓賣」……。報紙雜誌、電視媒體上各種促銷廣告更是充滿了便宜的誘惑，什麼「買一套卡通錄影帶送一個傻瓜相機」、「買××冷氣機送烤箱、果汁機」、「買電視機送微波爐」、「訂××雜誌現賺三〇〇〇元」……，顧客買什麼都喜歡七折八扣之外還有物超所值的贈品，最好是買一送一（棺材除外）。其實羊毛不會出在狗身上，顧客那有什麼便宜可占呢？

清朝時，北平西直門外有兩個推車賣水煮帶殼花生的攤販，鹹水煮過的花生堆在竹筐子裡，堆得像座小山，筐子擱在一口大鍋上，鍋裡煮著開水，熱氣從花生與花生之間冒出，在冷天裡顯得格外誘人。兩個攤子分據路的兩旁，左邊的一個花生攤子是個老頭兒在賣，右邊的是個年輕小夥子；一樣寫著一斤賣兩個銅板，每天總是老頭的生意好、先賣完打烊。

這事引起了一個閒人的好奇，他觀察了好一陣子，終於找出了答案。原來年輕小夥子賣花生，一捧總是超過了一斤，而後在秤上慢慢減，老頭兒卻是不足一斤，而後一直往秤上加。

從這個故事裡可以獲得兩點啓示：第一，占便宜多半只是一種心理上的主觀感覺，與實際上眞占到便宜與否，沒有必然的關係；第二，不管用什麼手法花招，只要能讓你的顧客覺得占到便宜了，他就會一而再的光顧，你的生意就做不完了。

關於第一點啓示，我可以舉一個例子來作說明。有些男人喜歡跟漂亮的女性開玩笑，說一些輕佻的雙關語，帶有顏色的葷笑話，或與對方發生肉體上的接觸——從有意無意間的摩擦輕撫、到意圖明顯的毛手毛腳、到明目張膽的親吻摟抱，只要能吃到女性的豆腐，心中就產生了莫大的興奮和快感，因爲他覺得自己占到了對方的便宜。這種感覺是傳統倫理道德觀念所灌輸塑造成的，實際上男子一無所得、女性也一無所失。

也許有人不贊同我的這種論調，說男人對女人性騷擾，就是男人占了便宜、女人吃了虧，那有男人也不賺、女人也不賠的道理？下面我再舉一個例子來支持我的論點。

元朝時義大利人馬可波羅來華旅遊所寫的《馬可波羅遊記》中，有一章講到四川寧遠府居住在金沙江、鴉礱江之間的麼些族（學者李霖燦教授對其文字有深入之研究），說麼些族有提供妻女給過往旅客姦宿之風俗，以賺取旅客之財物。書上說：「這地方的男子不以外人姦淫他的妻女姊妹或家中任何婦女爲恥，他們實在是歡迎任何人同他們的婦女同床共寢。……如果有旅客到此地求宿，各家都爭相邀請，旅客來到某家後，主人必定命他的家人熱忱款待，盡力滿足客人的一切要求，囑咐完畢後，就離家而去，避宿於田野之中，等客人離去後才回家。旅客有時一住三、四天，與屋主的妻子兒女姊妹或其他所中意的婦女任意狎宿，只要他將自己的帽子或其他可作標示之物懸掛在門上，讓主人知道客人還未離去，主人就不敢回家。

旅客離去時，多半會送婦女幾尺竹布，或價值不多的小東西以作紀念。屋主和其妻女便在旅客背後高聲嘲笑說：「你到那裡去啊？讓我們看看你帶走了什麼東西？你這個笨蛋，你從我們這兒占了什麼便宜呢？看看，你把什麼東西留下給我們？你忘記了什麼東西？」說著的時候，還把旅客相贈的竹布或其他東西拿出來炫耀一番。

是旅客占了便宜還是屋主占了便宜？聰明的讀者，你可能給我一個答案嗎？

喜歡占別人的便宜是一種古老的人性，在宋朝佚名作家的《籍川笑林》中，有一則〈好占便宜〉，說有個人喜歡占人便宜，曾經對人說：「我被蓋汝被（之上），汝氈鋪我氈（之上），汝若有錢相共使（花用），我若無錢使你錢。上山時汝扶我腳，下山時我扶汝肩。汝有妻時伴我睡，我有妻時我共眠。定知我死在汝後，多應汝死在我前。」一定要把便宜占盡了，心裡才爽快。

騙子就抓緊了人們喜歡占便宜的心理，而讓人先貪到小便宜後來卻吃了大虧。金光黨兩三人一組扮豬吃老虎的案子時有所聞，看似拙劣不堪的招數伎倆，卻一直有人上當，被騙去了存在銀行或郵局的大筆退休金、棺材本，只換來一包廢紙、兩塊磚頭，自己痛不欲生，還惹來旁人的無情訕笑。這種事情永遠無法防止，誰叫人是便宜蟲子呢？

喜歡貪便宜的另一面就是不喜歡讓別人占了自己的便宜。台灣各地街頭的遊行抗議不斷，就是團體與團體之間的利益發生了衝突，有人占了別人的便宜，被占便宜的人心有未甘，不肯繼續吃虧下去。計程車司機圍堵立法院，抗議計程車靠行制度不合理、工作船封鎖包圍高雄港的二港口，抗議政府對工作船管理法令不合理、粉領聯盟走上街頭遊行，抗議金融機構存有單身條款、外國環保人士在各種國際會議和宣傳媒體上抗議我國使用象牙、犀角、熊膽、虎骨……，說穿了，都是「便宜蟲子」的心理在作祟，不甘心自己被人占了便宜，要把便宜討回來，才會出現一連串的抗議行動。

有一種人嫉惡如仇，常因此而贏來別人的欽敬喝采。其實嫉惡如仇也不是什麼了不起的美德，只不過這種人特別喜歡斤斤計較、不肯讓別人占了自己的便宜罷了。所謂的「惡人」並不是指他長相惡，惡人不但長相和你我一樣，鼻子眼睛件件不少，裝扮派頭比你我還要更體面，他們穿西裝、打領帶、坐賓士，可人模人樣的呢，卻專幹一些不法的勾當，爲了自己的便宜而侵占了大多數人的便宜（如在水源區蓋高爾夫球場、在住宅區開卡拉ＯＫ店、在股市違約交割……）斤斤計較的人不能忍受自己的便宜被侵占或可能被侵占，於是便對違法的惡人產生了不共戴天的嫉恨之情，要檢舉揭發，以伸張法律正義。

當然，所有被占了便宜的人恐怕心裡都不爽，都有「嫉惡如仇」的意念，可是他們知道惡人之所以敢公然違法，多半是有些異於常人的本事，或後台甚硬、或敢殺敢拚，得罪了這種人常常會引來不測的災禍，爲了討回一點點被占的小便宜，結果卻會吃更大的虧。這樣的事情無論如何也不符合便宜的原則，所以有「嫉惡如仇」的意念的人多，眞正付諸行動、挺身而出的人卻很少，大家多半只敢在「腳倉（屁股）後罵死皇帝」，以「吃虧就是占便宜」來安慰自己因被占便宜而受創的心靈。

寫到這裡，也許有讀者要問，什麼是天下最便宜的事情？有什麼大便宜可占？我就把這個大便宜告訴大家，讓大家占得不亦樂乎吧。

天下最便宜的事情是只賺夠花的錢就好了，不要爲了莫名其妙的責任感、無中生有的憂患意識，把僅有一次的人生和一去不返的時光浪費在拚命賺錢上面，累積一些自己這輩子根本用不著、花不到的財富上。

你愛占便宜嗎?仔細想一想這個天大的便宜吧。

（民國八十四年五月十五日中華副刊）

夫妻稱謂趣談

在坊間一本笑話書中看到一則笑話說：

幼稚園老師問一個小女孩：「妳父親叫什麼？」小女孩說：「爸爸。」老師說：「不錯，我知道。不過我是問你媽媽怎麼叫他的？」小女孩立刻回答：「死鬼。」

這不是笑話，這是眞事，眞有許多中年婦女在她們的閨中密友前這樣稱呼她們的丈夫的，以表示一種同床共枕了幾十年之後的爛熟的親密關係。

新婚的妻子就絕對不會這樣稱呼她們的丈夫。

她們在人前人後都叫她們的丈夫「老公」，以顯示她和丈夫之間一種地老天荒、白頭偕老的愛情祝願。

而她們的丈夫則以「老婆」回應。老婆其實不老，要等到稱妻子「黃臉婆」時才眞老，也就是當妻子開始稱丈夫作「死鬼」時。

「老公」一詞的流行，不過是近二、三十年之間的事，在此之前，夫妻間的正式稱謂是「丈夫」和「妻子」，更早的封建時代，妻子稱丈夫爲「官人」或「相公」，丈夫則稱妻子爲「娘子」；多年前香港有一部描寫清末民初時代的電影「官人，我要！」就是妻子對丈夫說的話。

妻稱丈夫爲「官人」或「相公」，是古時候書香門第、官宦人家裡的稱謂，一般民間百姓可沒有這麼文雅，市井之間妻稱夫爲「漢子」，夫則稱妻爲「渾家」。如《金瓶梅詞話》第三十三回裡說「他渾家乃是宰牲口王屠妹子，排行六姐，生得長挑身材、瓜子面皮，紫膛色，約二十八九年紀。」又如《京本通俗小說・碾玉觀音》中有「抬起頭來，看櫃身裡卻立著崔待詔的渾家。」「渾家」一詞在五代十國時已開始流行。

古代社會稱宰相爲「相公」，書香門第的婦女也稱丈夫爲「相公」是討個吉兆，期許他飛黃騰達。可是到了清朝時，伶人戲子也稱「相公」，「相公」一詞就不再是尊稱了，上流社會的婦女才改稱丈夫爲「官人」。民國以後政府機關已不再有「宰相」之職銜，打麻將更怕看錯牌，稱「相公」大非佳兆，這一稱謂才從此消失了。

和「相公」一樣，如今已不太常使用的丈夫稱謂還有「君子」、「夫君」、「良人」、「郎君」、「夫子」、「夫婿」等等；相對的妻子稱謂則有「婦人」、「正室」、「中饋」、「拙荊」、「賤內」、「糟糠」等等；有些稱呼過於貶抑女性，至今當然就更不合時宜了。

晚近時，夫妻還常以「外子」、「內人」代稱，這是傳統「男主外，女主內」觀念下的產物，但在女人內外一把抓的今天，還是有許多人習焉不察地使用著。而且，如果向別人說「外子馬英九到台北市議會去開會了」，好像要比說「我老公馬英九……」來得不那麼刺耳，也比較適合咱們保守的民族性。

這種保守的民族性也反映在夫妻不直接互稱，而借子女搭橋的講法，如妻子叫丈夫「小狗子他爹」、丈夫叫妻子「小狗子他娘」，這是跟著外人叫的稱謂，把夫妻的關係推得更遠些。晚清民初時，民間還仍流行這樣的稱呼法。

可是如果以此推斷中國人夫妻間感情淡漠，那可就大錯特錯了。以上所說，大多是在大眾面前的稱呼；背地裡，夫妻可叫得肉麻呢—丈夫叫妻子「心肝」、「俏心肝」、「卿卿」、「妹妹」、「可人兒」、「小騷肉」……，妻子叫丈夫的花樣更多，有「親郎」、「才郎」、「卿卿」、「多才」、「心肝」、「寶貝」、「哥哥」、「俏哥哥」、「有情哥」、「好人（兒）」、「乖乖」、「乖親」、「傻哥」、「可意的人兒」、「冤家」、「俏冤家」、……每一個稱呼上面還可以「戴帽子」，加「小」或「我的」或「我的小」，以示關係之親暱。

「卿卿」意思與「親愛的」相近，是很古早的稱謂。《世說新語》中有個故事，說晉人王戎的老婆常稱丈夫「卿卿」，王戎告誡她說：「婦人稱丈夫卿卿，在禮法上是很不恭敬的，以後別再這樣叫我了。」王戎的老婆說：「親卿愛卿，是以卿卿；我不卿卿，誰當卿卿？」（我因爲親您愛您，才稱您爲「卿」，如果我不能用「卿」來稱呼您，誰才有資格稱您爲「卿」呢？）說得理直氣壯，無懈可擊，王戎只好由她叫。後來，黃花崗七十二烈士之一的林覺民，在起義前寫給愛妻意映的訣別書，也是以「意映卿卿如晤」起頭的。在林覺民以爲，這只是一封家書，不虞別人看到，所以用「卿卿」稱呼他的至愛，沒想到後來這封字字血淚、感人至深的信會公諸於世，傳誦至今。

妻稱丈夫「冤家」，有點又愛又恨的味道，《金瓶梅詞話》第二十七回〈潘金蓮醉鬧葡萄架〉裡，潘金蓮就曾嗔怪老公西門慶說：「好箇作怪的冤家，捉弄奴死了。」這個別致的稱謂也很古老，據宋人蔣津《葦航記談》引《煙花記》一書解釋說：冤家的含義有六層：「情深意濃，彼此牽繫，寧有死耳，不懷異心，此所謂冤家者一也；兩情相有，阻隔萬端，心想魂飛，寢食俱廢，此所謂冤家者二也；長亭短亭，臨岐分袂，黯然銷魂，悲泣良苦，此所謂冤家者三也；山遙水遠，魚雁無憑，夢寢相思，柔腸寸斷，此所謂冤家者四也；憐新棄舊、辜恩負義，恨切惆悵，怨深刻骨，此所謂冤家者五也；一生一死，觸景悲傷，抱恨成疾，殆與俱逝，此所謂冤家者六也。」難怪世人都說「有冤有仇，方成父子；無緣無怨，不是夫妻。」

「小騷肉」是夫妻間的戲謔語，西門慶就常這樣稱呼他的愛妾潘金蓮，有時還謔稱潘氏「淫婦」、「小淫婦」……，至於潘金蓮也沒有好話回應，什麼「怪行貨子」、「沒廉恥的貨兒」……，此外還有更不堪入耳的稱法哩。

夫妻在閨房中以「兄妹」相稱，這種「親上加親」的說法也很早就爲咱們的老祖先所愛用了。明人李開先編著《詞謔》一書中，有一首市井俗曲，就以一位痴情女子的口吻向她的愛人唱道：「傻酸角，我的哥，和塊黃泥兒捏咱兩個。捏一個兒你，捏一箇兒我。捏的來一似活托，捏的來同床歇臥。將泥人兒摔碎，著水兒重和過，再捏一箇你，再捏一箇我——哥哥身上也有妹妹，妹妹身上也有哥哥。」也有人說這是元人趙孟頫的妻子管道昇夫人所作。也許有人以爲，老婆叫丈夫「哥哥」，豈不亂了倫常？其實，有些老婆（如潘金蓮）在情不自禁時，連「達達」（爹爹）都叫得出來，叫「哥哥」又算得了什麼？

海峽兩岸雖然同文同種，一水之隔也孕育出極大的差異。就拿夫妻稱謂來說吧，大陸流行以「愛人」或「愛人同志」稱自己的老婆或丈夫，頗有些「內衣外穿」的新潮味道，相信許多台灣同胞都說不出口，還是咱們的「牽手」一詞好，既典雅、又傳神。不是夫妻不牽手，可見咱們台灣人對愛情與婚姻有多麼質樸愼重。

（民國八十八年七月二十一日中華副刊）

印象

人眞是膚淺，對某人有了第一印象之後，就把那印象牢記在心，終生不改，並且時時拿到心上加以複習，以便永誌不忘。

其實，人那是那麼單純的可以用一個印象去概括一生呢？

拿朱自清來說吧，大家都讀過他的〈匆匆〉與〈背影〉，他的印象就成了「一個愛惜光陰、重視親情的民初文人」。其實朱自清更精彩的散文是〈女人〉，他假託另一位朋友白水的經驗口吻，大談如何欣賞美女，尤其是欣賞走在路上、與我們擦肩而過的美女，看那裡、怎麼看。所謂「乖子望一眼，呆子望到晚。」朱自清能在一望之間把美女所有動人之美盡收眼底心中，還要不引起對方的注意。

在這一篇不到兩千五百字的文章裡，朱自清說他看女人看了十六年，可是遇見可稱爲藝術品的美女還不到半打；其中只有一個西洋少女，是在Y城裡一條僻巷的拐角上遇著的，驚鴻一瞥似的便過去了。其餘有兩個是在兩次車裡遇著的，一個看了半天，一個看了兩天，還有一個是在鄉村裡遇著的，足足看了三個月。原來朱自清在我們的刻板印象之外，還是個美女鑑賞家。

類似這樣的謬誤還有很多，在古代歷史上可以找出許多例子。

稍稍讀過中國上古史的人都認識趙高這個太監，因爲秦朝之迅速覆亡與趙高大有關係。秦始皇出巡在外，忽染疾病，臨終時曾命趙高代寫一信給始皇長子扶蘇，要正在上郡監蒙恬軍的扶蘇趕回咸陽參加葬禮，而後繼位。趙高卻矯詔立庸懦的少子胡亥繼位，並賜英明賢能的扶蘇死。胡亥即位爲秦二世之後，又受趙高的愚弄，下令殺害大將蒙恬、蒙毅兄弟，又殺諸公子十餘人，並陷殺大臣李斯、李由父子，還用「指鹿爲馬」的計謀分清了朝中群臣誰是正直的敵人、誰是阿附的朋友，將政敵全部除去。趙高又引誘秦二世胡亥縱情聲色，最後還是弒了胡亥，立胡亥之姪子嬰爲帝。子嬰雖殺了禍國殃民的趙高，不久，首都咸陽就被劉邦攻陷，秦朝才建國十五年就滅亡了。

趙高是亂政的奸宦嗎？也不盡然。趙高其實是戰國時趙國宗室的遠支，趙國亡於秦，趙高身陷秦國、被閹爲太監，他的所有計謀作爲，其實全都是爲了討回家國被滅、身遭宮刑之大仇大恨。趙高其實也許是忍辱負重的英雄，而不是我們印象中的亂政奸宦。

讀過中國文學史的人，對韓愈一定尊敬有加，因爲他不但是「唐宋八大家」之一，還是首倡回復漢代以前之古文，一掃六朝浮靡之駢文的「文學革命家」。此外，韓愈還是儒家的功臣，他的哲學思想啓迪了宋明理學；他一生篤於友情，對獎掖後進更是不遺餘力。這樣一位文壇巨匠，留給後世人們的印象當然也全都是正面的、完美無缺的。

可是韓愈也有他的另一面。宋人陶穀《清異錄》上說：韓愈老的時候對女色頗爲沉溺，因爲縱慾的關係，就需要服食一些壯陽的藥物，唐朝時的貴族流行服用硫黃等礦石來壯陽，可是久服之後會有可怕的副作用。韓愈想出一個變通的辦法，用硫黃末拌飯餵小公鷄吃，等公鷄長大了以後再吃鷄肉，果然效果十分理想。可是硫黃等礦物質殘存在鷄肉中，間接進了韓愈的肚子裡，後來韓愈就因此而暴斃了。

我們對韓愈的印象也不能只是一個正派的「昌黎公」而已，還應該加上古人對他的「晚年頗親脂粉」（《清異錄》中語）、「退之（韓愈字）服硫黃，一病迄不痊」（白居易詩）這些描述才完整。

唸中學時，讀到宋儒歐陽修撰寫的《新五代史》卷五十四〈雜傳〉，對馮道這個人就留下了很不好的印象。

馮道在五代時，歷事後唐、後晉、後漢、後周四朝十位皇帝，作了二十多年的宰相，因爲馮道認爲自己是「孝於家、忠於國，爲子、爲弟、爲人臣、爲師長、爲夫、爲父（皆盡職責），有子，有孫。時開一卷、時飲一杯，食（能知）味、別聲（能鑑賞音樂）、被色（享盡美色），老安於當代（爲社會大衆所推崇）、老而自樂，何樂如之？」因此自號爲「長樂老」。

可是宋儒歐陽修在修撰《新五代史》，寫到馮道其人時，就認爲馮道的忠誠度不夠。因爲後朝的新君主殺害了馮道效忠的舊君主，馮道不但不能爲舊君主報仇或殉節，反而作了新朝君主之重臣，是貪命戀棧、厚顏無恥的小人。

歐陽修在《新五代史》卷五十四上不客氣的說：「傳曰：『禮義廉恥，國之四維；四維不張，國乃滅亡。』善乎，管生（管仲）之能言也！禮義，治人之大法；廉恥，立人之大節。蓋不廉，則無所不取；不恥，則無所不爲，人而如此，則禍亂敗亡，亦無所不至；況爲大臣而無所不取，無所不爲，則天下其有不亂、國家其有不亡者乎？予讀馮道〈長樂老叙〉（見前引文），見其自述以爲榮，其可謂無廉恥者矣……。」

年輕時讀到這樣的評語，又是出自「宋代文學之父」的歐陽修之口，對馮道的印象當然是「惡劣至極」。可是大學讀歷史系，才從老師的口中知道：在五代那種亂世裡，虧得有馮道那樣甘冒無廉恥之罵名而當宰相的人，才能適時勸阻昏暴的皇帝不妄動干戈、不亂殺無辜，拯救了多少生靈免於塗炭，他可是不顧清譽，往地獄火坑裡跳的「活菩薩」呢！

再回頭來看看所謂的「宋代文學之父」歐陽修。

歐陽修是北宋的大文豪兼史學家、金石家和政治家。他撰寫了《新五代史》及

《新唐書》，他收藏了許多金石書畫，登錄為千卷的《集古錄》，是個風雅的藝術收藏家；他作官作到樞密副使，對北宋政局的清明安定有相當的貢獻；他對詩詞歌賦和四六駢文可說是樣樣專精，更寫得一手簡明流暢的散文，是人人佩服的文學家。他也是一位苦學成名、志節清高的正人君子，更對獎掖後進不遺餘力，曾鞏、王安石、蘇洵、蘇軾、蘇轍……，都是他提拔出來的，這樣一位德高望重的儒林典範，卻也有著鮮為人知的另一面。

宋人錢世昭《錢氏私志》、宋人王銍《默記》等書上都說：宋仁宗景佑二年（西一〇三五年）時，歐陽修的妹夫張龜正病故於襄陽，歐陽修料理完妹夫的喪事後，把妹妹和張龜正與其前妻所生的女兒張氏一同帶回自己家照料；當時張氏才七歲。等張氏長到十五、六歲時，歐陽修替這位外甥女擇偶，將她許嫁給自己的姪兒歐陽晟。後來張氏不守婦道，與歐陽晟之僕人陳諫私通，事情被官府知道了，張氏就說她舅父歐陽修早就先跟她發生過不倫之戀了，如果要辦她不守婦道，就連她舅父歐陽修一起辦。張氏還舉了歐陽修的一首詞作證據：

江南柳，葉小未成蔭。人如絲輕那忍折，鶯憐枝嫩不堪吟，留取待春深。
十四五，閒抱琵琶尋，堂上簸錢堂下走，恁時相見已留心，何況到如今。

法官見此詩一語雙關，也只好讓花案不了了之了。可是事情傳揚開來，許多人都拿這件事諷刺、攻訐歐陽修，如蔣之奇曾上書彈劾歐陽修，錢世昭也曾作詩說：「試官」（指歐陽修，因他曾典試貢舉）偏愛外生兒」。

舉上面這些例子，並不是故意要詆毀前賢或標新立異，只是說明要認清一個人很不容易。因爲人是複雜多變的，年輕時的想法做爲和年老時可以有一百八十度的大轉變，昨天的想法作爲也會和今天有很大的不同。我們如果只抓住一種膚淺的印象牢牢不放，以爲某人就是某某樣子，後來往往證明那樣的印象是需要修正或補充的，禁不起時間的考驗。

可是，世上還是有許多人迷信「第一印象」、迷信「一見鍾情」，這樣的行徑不是在「玩火自焚」嗎？

（民國八十四年七月十日中華副刊）

從何老起

人是從什麼時候覺得自己開始老了，不得不承認自己已經老了呢？這是個有趣而嚴肅的課題。

有人說老從頭起，當頭髮開始變白，人就老了；所以唐朝詩人白居易說：「櫻桃昨夜開如雪，鬢髮今年白似霜。漸覺花前成老醜，何曾酒後更顛狂？」

也有人說老從腳起，當兩腳行動不便、需要靠枴杖支撐時，人就老了。所以清朝詩僧德暉說：「老戀繩床懶出村，偶攜筇杖破苔痕，到來晴雪迷巖谷，臥入寒雲冷夢魂。」

可是上面這樣的說法，似乎總嫌有些失之於皮相。因爲有許多人年紀輕輕就有「算髮」，已是「二毛」，卻絕不老；有的人生來小兒痲痺，不良於行，得靠枴架走路，也絕對不是老人；所以皮相是靠不住的。

唯心主義者主張老從心起，當一個人心裡沒有夢想、沒有鬥志，遇事因循苟且、猶豫不決時，他就是老了；如美國麥克阿瑟將軍說：「歲月使皮膚變老；放棄理想使心靈變老。」這樣的說法有幾分摸著邊了，卻嫌太過嚴苛。如果依此標準的話，全國可能有一半以上的人口要被劃歸老人，不但使我國立即邁入高齡化社會，發放老人年金的財政機關也將應聲倒閉，太可怕了。

統計學家迷信數字，認爲只要看一個人的出生年月，就可以知道他老不老。可是歷來的統計學家也從來不曾協商出一個統一的老人年齡的標準來。

《禮記》說：「七十曰老。」《說文》也說：「七十曰老。」似乎七十歲是公定的老人年齡。可是《論語・季氏篇》：「及其老也。」南北朝人皇侃解釋說：「老謂五十以上。」漢人桓寬《鹽鐵論》也說：「五十已（以）上曰艾老，杖於家，不從力役。」說五十歲的人免服政府勞役，可以持杖在家逍遙，稱爲「艾老」，又把老人年齡標準一下子降低了二十歲。晉朝時戶役制度規定六十歲爲老，唐以五十五歲爲老，宋以六十歲爲老，今日勞工年滿五十五歲可申領勞保退休給付，滿六十歲可申請退休，經理級人員可在六十五歲退休，還有人高唱「人生七十才開始」，都在在說明了究竟幾歲算老是沒有標準答案的。

另一種有趣的統計法是從一個人的做愛頻率來判定他老了沒有。按照《素女經》所規定的標準：「五十，盛者可五日一施，虛者可十日一施；六十，盛者十日一施，虛者廿日一施；七十，盛者可三十日一施，虛者不寫（瀉）。」或者民間歌謠所述「五十燒香（一個月兩次，如初一、十五燒香）、六十牙祭（一年約十幾次，如逢年過節、神佛誕日拜拜打牙祭）、七七季季（每三個月一次），八十摸摸，九十想想。」一年行房不超過二十四次的人，已經接近年老的邊緣；而一年行房不超過十二次的人，無論如何都有資格去申請受領老人年金了。

有人反對用敦倫次數來鑒定人老了沒有，理由是：「誰記得自己一年做了幾次愛呢？」這眞是貓頸繫鈴鐺——強人所難嘛。

房事頻率統計學派不死心，又研發出一種統計的方法，那就是留心觀察自己做愛的時間，如果是「白晝宣淫」，表示精力旺盛，十分年輕；如果是「睡前敦倫」，表示精力還夠用，還算年輕；如果是「半夜行房」，表示精力不夠，人已經老了（台灣不是有「老罔老，半暝後」的說法嗎？說人老了，只好先睡一覺，到半夜裡養足了精神再「辦事」）；如果是「聞鷄起舞」，情況又比「半夜行房」差一些，又更老了；當然，最老的是經常「一夜無話」的人。

可是還是有人反對這樣簡易可行的老人鑑別法，說古往今來頗有一些人天賦異稟，明明從上到下、從裡到外，怎麼看都老了，偏偏那話兒始終不老，一直管用，正所謂「風流的到老也風流」，有元朝人湯式的湘妃引小令〈老風流〉為證：「懷揣著訕臉入青樓，口帶著頑涎飲玉甌，手搦著冷汗偎紅袖。人都道我恁老也不害羞。對相知細說箇緣由：蠢咻的腦間病，村傻的骨肉醜，風流的老也風流。」似乎統計學在研究從何老起時，並派不上用場。

人老不老雖然沒法從年齡或房事頻率上去分辨，卻可以從一個人的言行舉止、日常生活上，清楚的標示出來。明朝人謝在杭《文海披沙》裡說：老人有幾件事情極為反常：夜裡睡不著，白天打瞌睡；不疼愛兒子，卻疼愛孫子；眼前的事轉身就忘，陳年舊事卻記得一清二楚；哭的時候沒有眼淚，笑的時候卻止不住的流下淚來；東西在面前看不見，移得遠遠的才看得見；打他他不痛（肌肉麻痺、感覺遲鈍），不打他卻痛（陰天風濕）；臉上皮膚該白的卻黑，頭上毛髮該黑的卻白；上廁所該蹲的時候卻蹲不下去，和別人鞠躬作揖時卻兩腳一軟就蹲到地下。真可謂觀察入微。

我的高中國文老師楊文煥先生，曾在課堂上說過老年人有三個特徵：貪財、怕死、睡不著。這樣的標準恐怕也和前述唯心主義的論調一樣，失之過嚴，會把許多還不服老的「年輕人」都掃到老人國裡，可是怕死的確是老年人的一種普遍的特徵。絕大多數的年輕人都不大會想到死亡、無法感受到死亡的威脅，只有老年人才會生活在死亡的陰影籠罩下，才會擔心「今晚脫了鞋，不知明朝穿不穿」，才會怕死，才會有許多異常的舉止出現。

於是，明明一向理智的人，忽然開始相信方士的胡說八道，要花大筆的金錢去尋找不死的仙藥了；一生抱持無神論的人，忽然開始信神信佛，要到廟裡去燒香拜拜了。

於是，明明喜愛抽菸的人，忽然開始戒菸了；明明喜歡喝酒的人，忽然開始戒酒了；明明愛吃五花肉、紅燒蹄膀、烏魚子、大閘蟹的人，忽然開始吃素了。

爲什麼生活方式會有這麼大的轉變？因爲老了。

忌口確實是老或不老的一個關鍵性特徵，有商場著名經營者邱永漢爲證。邱永漢曾在《財訊》雜誌上他所撰寫的最後一篇社論中，說他遵從醫師指示，即使桌上擺有自己最喜歡的鱉湯，也不能再動筷了，當下頓感老邁，因而有了退休的念頭。的確，人生在世，栖栖皇皇，苦多樂少，如果這也不能吃、那也不能吃，不但了無生趣，覺得活著沒多大意思，事實也擺明著，自己這副操勞了幾十年的血肉之軀，已到了該報廢的時刻了。

民俗諺語學家朱介凡在《聽人勸》一書裡，列舉了一句諺語：「人老三沒才：小便滴濕鞋、見風眼流淚、咳嗽屁出來。」雖然描述老人幾近刻薄不恭，殊非提倡「敬老尊賢」的我們所能接受；可是老人愛哭，會在親人面前哭，動不動就哭，卻是不爭的事實。「少陵野老呑聲哭」、「老來無端涕淚多」，都可以證明人老了會比較愛哭。

人老不老還有許多線索足供佐證：如果你開始關心報章雜誌上有關養生保健的文章，不但仔細閱讀，還剪存備索，那麼，你已經老了；如果你捨不得把吃不完的飯菜倒掉，每天總有一頓或兩頓甚至三頓是以殘羹剩菜來果腹，那麼，你已經老了；如果你開始擔心將來沒有錢花，開始拚命儲蓄，把錢東藏西藏，藏到後來連自己也記不得藏到哪裡去，那麼，你已經老了；如果你把上面這篇拙文津津有味的讀完，那麼，你已經老了。

（民國八十五年十一月十一日中華副刊）

午睡的癖好

二月下旬，我從工作了將近十六年的一家文化公司退休，免除了朝九晚五的束縛，專心作一個搖筆桿、爬格子的作家。乍然投入另一種不同的生活方式，最令我感到舒適愜意的是每天中午不必委屈伏案，可以放平身子、蓋上被子，安安靜靜地睡一個小時的午覺了。那種恬然自適的愉悅，是自從離開大學、踏入社會以後，多少年沒有好好享受的滋味呢！

許多有午睡習慣的人，多半不敢聲張，時候到了只默默地躲到一角去假寐片刻而已。他們知道兩千五百年前，有個名叫宰予的人，就是因為在白天睡覺而被至聖先師孔夫子罵得狗血淋頭，罵他是朽木糞土、無藥可救，讓宰予直到今天還抬不起頭來，那有人願意甘冒此大不韙公然承認他愛睡午覺呢？不亦怪哉？

不，一點也不怪。歷史上多少優秀傑出、有成就有貢獻的人，都是愛睡午覺之輩呢，午睡一點也礙不著他們成爲一個偉大的文學家、書法家、政治家或藝術家。反過來說，歷史上多少不睡午覺的人，還不是跟朽木糞土一樣地默默消失了，沒有留下任何痕跡。所以說，成材不成材的關鍵，絕不在於睡或不睡午覺，是否「浪費」了午睡時的那段光陰。

歷史上的確有許多知名之士都有午睡之癖，像唐朝大詩人白居易就愛睡午覺，只要有空閒；一定把身子放倒，好好睡個夠。他有一首〈閒賦〉七言絕句，盛讚午睡晝寢之益說：

煖床斜臥日曛腰，
一覺閒眠百病銷；
盡日一餐茶兩碗，
更無所要到明朝。

說自己早上起床喝一碗茶，中午吃過飯後，便躺在床上睡午覺，讓暖陽曛曬自己的懶腰，一直睡到夕陽下山才起來，再喝一碗茶，一天的日子就如此打發了，別無所需、別無所求，這樣安排生活的好處是可以養精蓄銳、百病全銷呢。

北宋時的大政治家王安石也很愛睡午覺，尤其是夏日午後，一定要睡個覺補補精神。可是夏天中午正熱，古時候又沒有冷氣機、電風扇，午睡時常渾身是汗地被蒸醒烤醒，樂事成了苦事。王安石的點子多，大到治理國家、小到吃飯睡覺他都有主意。每到夏天午睡時，王安石就用瓷燒的方枕來枕頭睡覺。別人問他原因？他說：「睡久了，熱氣蒸枕，可以把方枕轉一面，依舊睡涼枕，午覺就不會被打斷了。」王安石的〈午枕〉詩說：「午枕花前簟欲流，日催紅影上簾鉤」，就是他午睡之後獲得靈感所寫下的名句。

南宋時江西德興有位詩人汪公藻，人稱「龍溪先生」。汪公藻從小就養成睡午覺的習慣，他有一首膾炙人口的〈春日午睡〉七言律詩說：

一春略無十日晴，
處處谿雲將雨行。
野田春水碧於鏡，
人影渡傍鷗不驚。
桃花嫣然出籬笑，
似開未開最有情。
茅茨煙暝客衣濕，
破夢午雞啼一聲。

南宋詞人周密也說他自己「習懶成癖」，每天必須午睡；他還曾在其名著《齊東野語》一書中提到另一位同好有規和尚，說有規和尚「睡起不知天早晚，西窗殘陽已無多」，竟然一個午覺就是大半天。

午睡有個很雅致的別名，叫做「攤飯」，也就是把身子放平、把中午吃的飯攤開的意思。這是宋人李黃門想出來的；清人丁澎（字藥園）的詩句「攤飯何須琥珀枕」，用的就是這個典故。一般而言，身體肥胖的人大多有「攤飯」的習慣，像宋人趙子晝（字叔問）是趙匡胤之子德昭的五世孫，他博學淹聞，更寫得一手好字，在南宋高宗時任職天官侍郎，趙子晝就因爲身體肥胖而嗜睡，他每天早朝回衙、午飯之後和傍晚下班歸宅都要各睡一覺，因此別人都稱他爲「三覺侍郎」。

宋朝的書法名家黃庭堅任職翰林院時，有一位很要好的同事名叫顧子敦，顧某身體肥胖、有午睡的習慣，每到炎夏時，更是脫光了上身的衣服，在翰林院的宿舍裡倒床仰臥、呼呼大睡。黃庭堅不睡午覺，常趁顧子敦熟睡時，執筆濡墨在他的大肚皮上練字。顧某醒後，氣惱萬分，哭笑不得，只有去沖個涼水澡把字跡洗掉。

有一天午後，顧子敦脫光上衣正準備上床午睡時，忽然靈機一動，決定不躺在床上睡而改爲伏在桌子上睡。一覺睡醒後，顧子敦低頭往肚子上看，清潔溜溜的，心裡暗自得意地想：「你也拿我沒辦法了吧。」便穿回上衣，到院裡上班去了。

當顧子敦下班回家，晚上脫衣就寢時，他太太看到丈夫的背上竟然黑鴉鴉的寫滿了字，吃驚地問他是怎麼一回事？顧子敦大爲著急，趕緊要老婆把背上的字唸給他聽，看黃庭堅又搞什麼鬼、開什麼玩笑？黃庭堅在他背上留的是一首詩：

綠暗紅稀出鳳城，
暮雲樓閣古今情；
行人莫聽宮前水，
流盡年光是此聲。

顧某一聽恍然大悟。原來許多文人在考試寫完答案、等考試結束考官收卷時，常無聊又感慨地把前述這首好詩題在考卷的背面。黃庭堅以好友顧子敦的肚皮為考卷寫詩練字，顧某的背上當然就被當成文卷的背面而給題上此詩啦！這是古人因午睡而引出的一則趣聞。

宋朝時的愛國詩人陸放翁也喜歡睡午覺，午覺並不妨礙他寫詩愛國。有時客人午後登門拜訪，陸放翁不便下逐客令，卻也不肯犧牲了寶貴的午覺時光，就另取一個蒲團放在矮榻上，要客人也跟他一樣午睡片刻，等睡醒之後再聊天。客人不便拒絕，更不好立即告辭，只好陪陸放翁一起睡午覺。常是客人睡醒了、主人還在睡；當主人睡醒時，客人早已不知何時不告而退了。陸放翁曾有一詩描述這種趣況說：

相對蒲團睡味長，
主人與客兩相忘；
須臾客去主人覺，
一半西窗無夕陽。

詩中瀰漫著一股君子之交的淡泊志趣，卻全是藉著午睡而醞釀出來的。

午睡是一種習慣，有午睡習慣的人即使整夜睡眠充足，到了中午飯後也會出現想要睡覺的強烈慾望。有人認爲吃飽了就睡有礙消化、容易發胖，愛睡午覺的晚唐詩人杜牧曾駁斥此說道：「你們沒見過裝米的袋子嗎？米袋子裝滿了米，只有擺平放倒了才最穩當。」現代醫學研究也指出午睡可使冠狀血管動脈粥樣硬化的可能性降低百分之三十，地中海沿岸各國居民心臟冠狀血管疾病的發病率，遠低於世界其他地區，就是因爲當地居民在炎炎夏季都有午睡的習慣。至於午睡會使人發胖的缺點，其實可以用運動來消耗熱量、取得平衡。

不管是委屈的伏案而眠也好、是舒適地倒床而睡也好，歡迎大家加入「午睡族」，讓一個小時的午睡把疲勞消除淨盡、把身體調回最佳的備戰狀態，以便可以更有效率的工作到夜晚。算起來，這不也是挺划算的嗎？

（民國八十三年四月七日自由時報）

禿頭的故事

似葫蘆怎能瓢？似湯鏇、似銀銚，
簪不得道士冠，宜戴頂僧伽帽。
呀，頭髮遍周遭，遠看像個尿胞，
如芋苗經霜打，比冬瓜雪未消。
有些兒腥腥，又惹得蒼蠅鬧鏖糟，
只落得不梳頭鬧到老。

——**陳介「嘲禿子」雁兒落曲**

禿是頭頂無髮，古稱「童山濯濯」。「童」就是「頂禿」之義。其實禿髮不限於頂禿一種。據西方學者研究指出，在頭上的頭髮全掉光之前，殘餘頭髮形成的禿頭大致可分成下面四種樣式——寡婦尖、僧侶團、圓頂額與裸頭冠。

寡婦尖是髮線由太陽穴部位逐漸後退，在頭部中線的兩邊留下一條日漸縮小的髮帶。從正上方看，圓圓的禿頂中央有一V形髮帶，所以名爲「寡婦尖」。

僧侶團是前額的髮線不動，後腦勺的髮卻掉得禿出一個圓形來。遠遠望去，像個鳥巢一般。

圓頂額是前額髮線整個後退，比寡婦尖還禿得徹底，從前額到腦頂，禿成一個圓形出來。

裸頭冠是前額髮線後退，但兩側頭髮禿得較慢，中央頭髮禿得較快。禿的方式與寡婦尖恰好相反，禿成平頂山峰形，有點像皇冠，所以取名「裸頭冠」。

下回遇到禿子，不妨留心一下，看看究竟是屬於那一種禿法。

禿子不全是頭髮掉落，也有人因習俗或職業需要，故意把頭髮剃光。

宋朝時，社會上有十種人是禿頭的，有人把他們合稱爲「十樣佛」。

這十種人是一、和尚。二、尼姑。三、老翁。四、小兒。五、優伶。六、角抵選手。七、泅水捕魚人。八、獵狐人。九、禿瘡。十、酒禿。

和尚尼姑因爲要出家，所以把頭髮剃光了，老翁是上了年紀、頭髮自己掉光了，小孩是流行剃光頭，優伶、角抵、泅魚漢和打狐人是因職業習俗而剃髮；禿瘡是鬎鬎頭；酒禿是酗酒引起的禿頭。

在東西方社會，男性的頭髮都是英雄氣概的表徵，所以需要剃光頭的職業，社會地位總是比較低，像優伶在古代屬於賤業，優伶子弟連報考科舉的資格都沒有。軍中或牢獄裡，也常以剃光頭作爲處罰犯人的手段。

頭髮也是性感的象徵。所以出家人爲了表示六根清淨、心中全無愛情的慾念，必須把頭髮剃光，西方的心理學家甚而主張將男性剃髮解釋爲「易位去勢」呢！

下面道首晚清民初時浙江台山歌謠，就以無限歎惋的口吻對一位遁入南華寺的尼姑說：

差了差時差了差，誰人迫你入南華？
頭上無條青絲髮，怎能插上牡丹花？

從光頭不能簪花這件冷酷的事實，強烈地說明了秀髮是女性風情的焦點。

由於一般人都是過了中年以後，頭髮才慢慢掉落，所以禿頭成了衰老的象徵。爲了掩飾日漸光禿的頭髮，禿頭患者採取了下列種種補救的措施：

一、將禿頭邊緣的頭髮仔細梳到禿頂，以掩飾禿頭（其實是欲蓋彌彰）。

二、戴帽子以遮羞。

三、以假髮、頭飾或專遮禿頂的髮蓋來掩飾禿頂。

四、聽信廣告說詞，在禿頭處抹生髮劑。

五、請美容外科醫師幫忙，在頭頂施行毛髮移植手術。

最近報載大陸有位中醫師趙章光，於民國六十四年發明了「一〇一毛髮再生精」，十三年來，使用過該藥的禿頭患者已高達七十萬人左右，有效率爲百分之九十七點五，治癒率爲百分之八十四，該藥對治療僧侶團式禿頭最爲有效。而另一位中醫師武寶信，也經十餘年之研究、實驗、改進，而在民國七十四年正式推出「大寶特殊生髮靈」，使用後的禿頭患者百分之九十五均有長出毛髮的情形，該藥對年輕人的全禿症療效最佳。這兩種生髮藥都是由許多種中藥提煉而成，爲全世界禿頭患者帶來了福音。

禿髮多半與遺傳有關，形成的原因至今仍莫衷一是。

按照中醫的說法，禿髮的原因有三：

一、腎虛血虛（指血液循環微弱不佳）。

二、血熱（指肝火過熱而造成血流遲滯）。

三、陰虛火旺（指陰氣不足、陽氣過旺而使頭部乾燥引起脫髮）。

西醫則根本不相信陰陽虛旺之說，認爲禿頭是男性荷爾蒙分泌過多所造成的。這種說法衍生出一種迷信，認爲禿頭是精力旺盛和長壽的表徵。果眞如此，頭髮漸漸禿落的人實在大可不必爲脫髮而煩惱了。

古籍裡著名的禿子，最早的也許要算《穀梁傳》中魯國大夫季孫行父。

西元前五百九十二年，魯國的季孫行父、晉國的郤克、衛國的孫良夫和曹國的公子手分別出使到齊國。齊頃公見季孫行父是個禿子、郤克是個跛子、孫良夫是個獨眼龍、公子手是個駝子，靈機一動，派禿子車夫駕馬車載禿子大使，跛子車夫駕馬車載跛子大使、獨眼龍車夫駕馬車載獨眼龍大使、駝背車夫駕馬車載駝背大使，齊國人見了都哈哈大笑。這件事後來引發一場戰禍，受辱的四國大使回國後，出兵聯合攻打齊國，齊國大敗，最後被迫割地賠款了事。

在章回小說中也屢有禿子的角色，但大多是作爲詼諧的配角。

清人文康《兒女英雄傳》第六回，出現在能仁古剎中的禿和尚，邊走邊唱道：「八月十五月兒照樓，兩個鴉虎子去走籌；一根燈草嫌不亮，兩根燈草又嫌費油，有心買上一枝洋蠟燭，倒沒我這腦袋光溜溜。」禿和尚的同伴笑著說道：「你是甚麼口頭？有這麼打自得兒沒的？」禿和尚答道：「這就叫禿子當和尚，將就材料兒。」

清人李百川《綠野仙踪》第四十回裡的禿子苗三也是個供讀者開懷的小人物。苗禿子陪公子溫如玉去私娼鄭三家嫖妓，妓女金鐘兒唱了一闋寄生草調笑苗禿子道：「我愛你頭皮兒亮，我愛你一抹兒光，我愛你葫蘆揷在脖子上，我愛你東瓜又像西瓜樣，我愛你繡毬燈兒少提梁，我愛你安眉代眼聽彈唱，我愛你一毛不拔在嫖場上浪。」

形容得謔而又虐，讓苗禿子簡直下不了台。

筆記小說裡，也有一則關於禿頭的趣事。

清人梁同書（山舟）《頻羅菴遺集》卷九有一則〈翟晴江先生傳〉，說翟晴江小時候在塾中讀書，有個和尚從書齋門前經過，正好塾師有事出去了，翟晴江便率領其他同學手持木棍去追打和尚。和尚踉蹌走避，奪路而逃。翟晴江的父親看見了，拿戒尺痛打兒子，責問他為何欺侮出家人，翟晴江回答說：「我討厭他禿頭。」

翟晴江說「吾怒其禿也」，是一種純真少年追求完美的浪漫情懷，可是芸芸眾生裡，有幾個人眞是十全十美的呢？等翟晴江在塵世走過大半輩子後，他就會對包括禿子在為病痛缺憾所苦內的眾生，興起一種悲憫的襟懷了。

（民國七十八年七月二日聯合報）

左撇子軼聞

如果在某個社交場合，頭一回和某人見面，對方跟你握手時竟然伸出左手，你一定會覺得訝異突兀而不知所措吧？

其實也沒什麼好訝異的，你只不過是遇到了一位左撇子罷了。

如果你在運動場上慢跑，和其他許多人一樣以逆時鐘旋轉方向繞著跑道跑，偏偏有一個人卻以順時鐘旋轉方向跑，每每要與別人相撞，你也別急著罵他愛出鋒頭、標新立異，他只不過是一個左撇子罷了。

左撇子就是慣用左手的人。台語稱爲左手拐、閩南語稱爲小拐，英語叫作lefthander，或sinister，意思是陰險、不吉的人。

替右手打抱不平

照理說，天生人兩隻手，應該無賢庸愚智、貴賤巧拙之分別，可是大多數人都擅長用右手做事、習慣用右手做事，左手只是像大小姐或老太爺一樣地供養在那裡，任他吃閒飯卻不幹活兒，從刷牙齒、剪指甲、拿筷子、握球拍、寫字、畫畫、指桑罵槐到打手槍、擦屁股，無一不是偏勞右手，把右手膀子累得硬是比左手膀子粗了一圈，只有在右手獨自忙不過來的時候，才敢請左手分勞，像吹笛子、彈鋼琴、打電腦或摟抱住那個半推半就、作勢欲逃的愛人等等。

天下之不公孰大於此？勞逸之不均孰甚於是？可是更可訝異的是竟然從來沒有人替右手打抱不平、擊鼓鳴冤，眞是咄咄怪事。

正因爲左手慣當主人，右手慣當奴隸，所以在古代中國社會裡，左爲吉位、上位，地位比右爲高。《老子・道德經》裡有「貴左章」，說「君子居則貴左」、「吉事尙左」、「凶事尙右」。在朝廷上，左丞相的地位也比右丞相高；清朝時，左相一定是滿人，右相才用漢人。連男人的命根子都要放在褲襠的左邊，所謂「居左則安」、「居左則吉」，貴左的心理眞是無微不至啊。

可是也正因爲左手好逸惡勞、養尊處優，所以成了衆人咒罵的對象，如左遷是貶官，左見是偏見，左計是失算的下策，左傾是傾共的匪黨，左道旁門更是邪魔外道，在英文、法文、德文、義大利文、西班牙文、葡萄牙文裡，也一致將「左」這個字引申爲壞的、錯的、笨拙的、虛僞的、失敗的、不吉的等負面意義。如果不是左手太閒、右手太忙，左右勞逸太不平均，左又怎會惹來這一大堆偏執的、非理性的咒罵呢？

許多藝術家都是左撇子

學者專家指出，西方人把左視爲壞的、不吉的、邪惡的，這種偏見是受了基督教文明的影響，因爲《新約聖經・馬太福音》中已說：「站在上帝右邊的人上天堂，左邊的人全都下地獄。」難怪今天那些左傾的大陸同胞都生活在水深火熱之中，《聖經》上早有預言了。

人情之偏好奴役右手可謂自古已然。有學者研究北平周口店出土五十萬年前北京人敲石取火的那些石塊，把石塊撞擊的紋路一一拍下，拍了一百張照片寄送給美國聯邦調查局，請專家從紋路走向來研判當初北京人到底是用右手擊石、還是用左手擊石。過了一個星期，聯邦調查局把研究結果傳真回來，報告書上說有八十八張顯然是用右手執石敲擊的結果。原來在五十萬年前，北京人就偏好用右手來幹活兒了。

歷劫逢生的畫家

大家都知道左腦控制右手的活動、右腦控制左手的活動。所以左撇子右腦發達、右撇子左腦發達。左腦從事思考、推理等理性活動，是語言中樞所在，右腦則從事直覺、感覺等感性活動，擅長視覺空間的認知，所以許多藝術家都是左撇子，如畫家拉斐爾、達文西、米開朗基羅、畢卡索，音樂家莫札特、貝多芬、詩人歌德、海涅等等，都是用他們的左手創造出無數的傑作來。在中國，也有許多畫家是左撇子，宋朝時的人物鞍馬畫家趙廣就是個左撇子，陸游《老學庵筆記》一書上說：趙廣是安徽合肥人，年輕時在李公麟家當僮僕。李公麟是譽滿天下的人物鞍馬畫大師，傳說他曾在皇宮馬厩寫生，對著一匹名駒「滿川花」作畫，馬畫好把筆放下時，「滿川花」就倒地而死了，因爲馬的魂魄已被李公麟攝入畫紙上。李公麟作畫時，趙廣常在一旁侍候，久而久之，趙廣也會畫了，他畫的馬幾乎和李公麟一模一樣，可以亂眞。南宋高宗初年，扈從統制官傅苗與御營副將軍劉正彥造反，逼高宗遜位，殺了許多大臣，賊將聽說趙廣善畫，把他抓來，逼他畫他們所擄來的美麗的婦女以作紀念。趙廣不肯畫，就以不會畫拒絕了賊人。賊將拔出刀子來威脅趙廣，趙廣還是不畫；賊將一怒之下，就把趙廣的右手大拇指砍斷了，這才放他走。其實趙廣是個左撇子，慣用左手作畫。傅苗之亂平定以後，趙廣依舊靠作畫維生，但是他只畫觀音菩薩像，以感謝觀音保佑他歷劫逢生，其他的一概不畫了。

出奇制勝的左撇子運動家

古今中外也有許多運動高手都是左撇子。像職棒投手三商虎的黃武雄、陳明德，桌球選手八八年漢城奧運男單冠軍南韓的劉南奎、女單冠軍大陸的陳靜（當時她還是代表大陸出賽）。這類左撇子球員普遍具有球路詭異的特色，讓對手防不勝防。

雖然習慣用左手多半是天生的，但是運動場上的左撇子也可以是後天特別培養出來的，好讓對手因不習慣而演出失常，自己便有獲勝的機會。陳靜就是個例子。

她用右手吃飯、用右手寫字，原本也用右手打桌球，小學時加入校隊，教練要她改用左手執刀板練習，結果她從頭開始苦練，終於成爲奧運桌球的金牌、銀牌得主。

左撇子和右撇子比較，究竟那一個比較好呢？當代加拿大心理學醫師柯倫曾在美國公共衛生學報發表論文指出：左撇子壽命短，遭到 意外傷害的比率也較高，甚至罹患過敏、腸胃 病、糖尿病、精神分裂 、愛滋病的機會也比慣 用右手的人高。但是柯倫認爲，這並不表示左撇子的健康生來比右撇子差，而是因爲這個世界上的一切發明事物，全都是爲慣用右手的人設想設計，左撇子在日常生活中常會遇到許多不便，日積月累下來，容易造成情緒抑鬱、失眠等疾病，自然影響到身體健康，衍生出其他慢性病來了。不信的話，你用左手持開罐器去開一個罐頭看看，你就知道它有多彆扭了。

左撇子心事誰人知

根據台大神經外科主治醫師洪慶章的統計，我國約有百分之三・五到百分之七的左撇人口。造成左撇子的原因是染色體不規則分布的遺傳。由於左撇子在日常生活中有許多不便（比如吃飯時會與鄰座之人互相碰撞），因此往昔父母若發現小孩子慣用左手時，便會加以糾正。但是一個左撇子的小孩，被家長嚴厲要求改爲右撇後，往往會留下口吃的後遺症，所以這樣的糾正並不可取。其實天生既是左撇子，就讓它左下去好了，何必硬要改爲右撇子？當代美國總統柯林頓也是個左撇子，左撇子又有何不好呢？

（民國八十三年六月九日自由時報）

雙胞胎蒐奇

記得在唸中國藝術史研究所，上故宮吳玉璋老師「清宮雜器」的課時，老師回憶他在北平故宮裡的見聞說：晚清有位大官，家中一共生了六對雙胞胎，清一色的男孩，每一對都相差一歲，在清宮裡幫忙掌燈，以為祥瑞；每人手中提著一盞宮燈，兩兩並立，由高而低，像階梯似的，極為有趣。

雙胞胎有遺傳性，生雙胞胎的婦女會連著生雙胞胎。古時候中國人抱持著「多子多福」的觀念，所以生雙胞胎的人家，往往不止生一、兩對雙胞胎而已，而是三對、四對……地生，乃至出現上述六對雙胞胎。

可是這還不是最多的一母所生雙胞胎紀錄。唐朝人李冗《獨異志》書中說：淮南有個富翁名叫程幹，他的妻子茅氏連著八年生下八對雙胞胎、十六個兒子。這是記載中較早的一則連生八對雙胞胎紀錄。此外，清人錢泳《履園叢話》卷十四中說金陵伍少西的妻子，十六次分娩生了三十二個兒子。連生十六對雙胞胎不知是不是可以列入金氏世界紀錄之中。

《履園叢話》同卷中也提到多胞胎的紀錄，說清朝康熙二年(西元一六六三年)山陰縣寶盆鄉有個陳姓婦人，一產而生四胞胎，又說河北直隸完縣也有個婦女一產得四男。

一產四子不稀奇，還有連著四次分娩，每次都生四胞胎的。《魏書》卷一一二說北魏孝文帝延興三年(西元四七三年)秋天，秀容郡有個婦人一產四男，接著又連續生了三回，每回都是四胞胎，四產而得十六男。如此成績，不知羨煞多少求子心切的不孕婦女。

清人王士禛《池北偶談》書上說：清朝順治年間，漢川縣民王某的妻子一產而得六胞胎；又說明朝天啓年間，河北大名有個民家，一產而得七子，每個小孩都長大成人，有趣的是，只要一個生病，其他的六個也會跟著生病。

一般而言，雙胞胎大多是性別相同的同卵雙胞胎，如果雙胞胎而性別不同，這種情形比較罕見，古代中國人迷信這是夫妻一同投胎所生，稱爲「鬼夫妻」，這樣的雙胞胎比同性的雙胞胎較難養育成人。

清朝百一居士《壺天錄》卷中就說：「孿生之胎，往往男則俱男、女則俱女。一男一女，名之曰『鬼夫妻』，多不育。」

雙胞胎到底是如何產生的呢？古代中國人自有一套理論。清朝乾隆年間的大學士紀曉嵐，在他的名著《閱微草堂筆記》卷二十一中，有一段話說得很妙：「夫胎者，兩精相搏，翕合而成者也。媾合之際，陽精至而陰精(卵子)不至，陰精至而陽精不至，皆不能成。……不先不後，兩精並至，陽先衝而陰包之，則陽居中爲主而成男。陰先衝而陽包之，則陰居中爲主而成女。……兩氣並盛，遇而相衝，正衝則歧而二，偏衝則其一陽多而陰少，陽即包陰；其一陰多而陽少，陰即包陽。故二男二女者多，抑或一男一女也。」

上面這一段「雖不中亦不遠矣」的分析，是紀曉嵐在嘉慶三年(西元一七九八年)說的，將近兩百年前，中國人對雙胞胎的產生已有這樣的認知，恐怕也是西方醫學所望塵莫及的吧。

雙胞胎究竟是先生下來的算老大、還是後生下來的算老大呢？雖然今天人們都以先生者爲大，可是古時候卻曾有不同的看法。

晉人葛洪《西京雜記》一書中說：大將軍霍光的妻子一產而得二子，當時就有人爲誰是哥哥、誰是弟弟而爭辯不休。有人認爲「前生爲兄、後生者爲弟」；也有人認爲「居上(在子宮最裡面)者宜爲兄，居下宜爲弟，居下者前生，今宜以前生者爲弟」，也就是先受胎而後生下的才是哥哥。

雙胞胎誰是兄、誰是弟，看似無關緊要，可是在施行嫡長子繼承制的古代中國，如果王室生了雙胞胎，因爲牽涉到王位繼承問題，那雙胞胎誰是老大可就事關重大了。周朝時，雙胞胎就是以後生的爲兄長，與今人的觀念大異其趣。

雙胞胎不但彼此長得很像，連性向志趣、才能健康也很雷同，前述七胞胎有一人生病，其他六人也跟著生病就是個例子。

明朝人沈德符《敝帚軒剩語》卷下〈孿生子之異〉說：「孿生子世多有之，……如嘉靖中之顧聯璧、合璧，同舉戊午（西元一五五八年）鄉試……。」這是孿生兄弟一同考上舉人的例子。又前引清人錢泳《履園叢話》卷十三說：「泰州劉榮慶、劉國慶同胞兄弟爲武狀元，古今未聞。」這是雙胞胎兄弟武藝一般高強，一同榮膺武科狀元的例子。

一般外人很難分辨雙胞胎誰是誰，常因此鬧出許多趣事。

明人馮夢龍《古今譚概》卷五說：廣東長洲憲副劉瀚家族，有對雙胞胎兄弟，兩人長得很像。有一天，有個小販挑著兩擔青梅到村子裡來叫賣，每顆青梅都很大。雙胞胎哥哥跟小販打賭，說一頓能吃下一百顆青梅。小販說：「你若一頓吃得下一百顆，我兩擔青梅全送給你。」

雙胞胎的哥哥吃了五十顆後，假裝說要去小便，上了廁所後，換雙胞胎弟弟代打上陣，又吃了五十顆，結果贏了小販的兩擔青梅。

明人謝在杭《五雜俎》卷十六說：唐朝有個人叫張伯偕，與孿生弟弟張仲偕容貌很像。張仲偕娶了老婆，有一天早上，新婦臨窗化粧完畢，忽然看見張伯偕從窗外經過，就問他說：「我今天化粧得好不好看呀？」

張伯偕回答說：「我是伯偕也。」

仲偕妻子羞紅了臉，趕忙離窗趨避。她走出臥房，來到婆婆房裡，又碰見伯偕在那兒，就告訴他說：「剛才我見到你哥哥，把他誤認爲你，羞死人了。」

伯偕笑著說：「錯，錯，我還是伯偕也。」

宋人陸偉《睽車志》書中也有個故事說：向汲和他的雙胞胎弟弟狀貌酷似，別人都分辨不出來。有一天，向汲從外頭回來，他的弟婦以爲是自己丈夫回來了，便上前迎接招呼。宋朝時嚴男女之防，叔嫂或伯兄弟婦之間尤其要保持距離，向汲便沒有答應，只獨自往屋裡走。弟婦以爲丈夫端架子，跟在後頭破口大罵，又上去打了向汲一個耳光。向汲趕緊表明身分說：「我是妳的大伯也。」羞得弟婦惶愧而退。從這次以後，向汲每回都特地穿上與弟弟不一樣的衣服、戴不同的冠帽，以供別人區分。

類似的趣事，在今日無數對的雙胞胎當中，必然也會有許多吧。

（民國八十四年五月二十二日聯合晚報）

後記：校閱本書書稿時（民國八十九年二月二十四日），在中央頻道電視上看到台灣有一對雙胞胎姐妹同嫁一夫，彼此不分大小、和睦相處的新聞報導。記者好奇地問這對孿生姐妹閨房之樂、有無演出「三人行」時，其中一位說：「一切順其自然啦，就跟一般夫妻一樣，不是死板的分一、三、五是誰，二、四、六是誰。」言下之意就是丈夫喜歡和誰做，就和誰做，何時想做就何時做，愛怎麼玩就怎麼玩——當然也包括一男兩女「三人行」啦！

噫：天下之大，眞是何奇不有。

貓癡

多年前開始偷閒讀稗官野史、筆記小說，陸陸續續收集了不少關於貓的資料，卻一直沒有機會把它們湊攏成一篇文章賣錢，因爲十二生肖裡沒有貓，沒有老編約稿。今年美國總統大選，克林頓脫穎而出，克林頓養了一隻貓咪作寵物；且借這個八竿子打不著的關係，談談古代中國許多貓癡養貓的趣聞軼事。

貓不在「六畜」當中，可見牠的野性十分難馴，比馬牛羊鷄犬都更不容易成爲人類的朋友。這種不羈的野性一直到今天仍可在貓的身上找到。

可是周朝時人們已經知道貓會捉老鼠了，視牠爲滅鼠保糧的益獸，《禮記・郊特牲》上說周天子每年臘月舉行的蜡祭，當中就有迎貓之儀，由優人扮貓而迎之，因爲貓會吃田鼠，保護農稼，所以要迎而祭之。由「迎貓」之詞看來，貓在當時還是野生的動物，並未被人馴養而成爲家畜之一。

經過周朝八百餘年的嘗試，大約到了秦漢之世，貓已漸漸可以在家中了。漢朝宮廷裡大概就養貓來捉老鼠，因爲漢武帝時的大臣東方朔曾說過：「飛鴻驊騮，天下之良馬，然用以捕鼠於深宮之中，曾不如跛貓。」如果宮中不養貓以捉鼠，東方朔是不會如此譬喻的。

魏晉南北朝時，養貓的風氣並不盛行，因爲當時的鼠患十分猖獗，卻很少見記載裡提到貓。史書上說南朝齊東昏侯在後宮捕鼠達旦，梁簡文帝招待賓客時有大鼠登床……，都可以反證當時人很少養貓。而當時人不養貓，不知跟身處亂世、萬念俱灰或佛教盛行、反對殺生是否有關。

唐朝以後，宮廷和民間都盛行養貓，貓和人們生活關係日益密切起來。唐高宗的寵妃武則天爲奪權而害死蕭妃、王皇后。蕭妃備受酷刑，臨終之際怨恨地說：「我希望死後投胎變作貓、武氏死後投胎變作鼠，我要生生世世嚙其喉。」武則天聽了以後，下令禁止宮中養貓；可見在此之前，宮中養貓捉鼠蔚爲風氣，否則武氏不必下令禁止；也因爲有蕭妃誓言投胎變貓的故事，後人也稱貓爲「天子妃」。

關於武則天爲何禁止宮中養貓，還有一種不同的說法。唐人張文成《朝野僉載》一書說：武則天很喜歡養貓，她還特別費精神訓練一隻貓可以跟鸚鵡共用一個食盒進食，彼此相安無事。武則天訓練了一段時間之後，覺得有把握了，特別命御史彭先覺傳喚百官來看貓與鸚鵡同器而食的表演。結果百官有的先來、有的後到，貓兒肚飢等不及開飯，就把鸚鵡吃了。這件事讓武則天很覺丟臉，於是便下令不准在宮中養貓了。

但是這種禁令只是一時的，武則天下台後，宮廷裡又開始養貓當寵物；而且王公貴人和一般民家也一直養貓來玩。宋人陶穀在《清異錄》上說：唐武宗李炎在當穎王時，他的藩邸中就養了許多寵物，穎王手下的人還把他這些心愛的寵物繪成了「十玩圖」，當中有一幅「鼠將」，就是畫李炎寵愛的貓。

宋朝時養貓風氣大盛，北宋人孟元老在《東京夢華錄》上說汴京有許多人喜歡養貓，所以出現了一種行業，每天專門提供貓食和小魚到養貓者的府上。因爲養貓的人多，才可能維持這一行的生計。

據宋人錢易《南部新書》記載，當時有個大官張摶，是個貓癡，家中養了幾十頭貓，各有名字，其中有七頭最爲名貴，一爲東守、二爲白鳳、三爲紫英、四爲祛憒、五爲錦帶、六爲雲圖、七爲萬貫。每當張摶退朝歸府，才走到中門，幾十隻貓就曳尾延頭地出來迎接了。張摶最喜歡在一頂大的綠紗帳裡跟幾十頭貓玩、餵牠們吃東西，別人都說張摶上輩子是貓投胎的。

一個人愛貓成癖，說明了貓有牠可愛之處。貓的神態優雅、雙眼迷人、聰慧靈巧，會依偎在主人的懷裡睡覺、纏繞在主人的腳邊打轉，卻依然對自己的去留保有自主權，就是這種不可以賄賂、傲然不羈的野性，才更叫人們愛貓成癡。一旦心愛的貓走失了，會茶不思、飯不想，寢食難安，只想把愛貓找回來。

北宋人陶穀就曾在汴京大街牆上，看到貓癡虞大博張貼的「尋貓啓事」說：「虞大博宅失去貓兒，色白，小名雪姑。」南宋人陸游在他的《老學庵筆記》上也說秦檜的孫女封崇國夫人，也就是人們俗稱的「童夫人」。童夫人養了一頭波斯貓，寶貝得不得了。有一天，這頭波斯貓走失了，童夫人立刻要臨安府在限期內替她把貓找回來。到了期限的日子，貓還沒找到，臨安府尹只好把童夫人左鄰右舍的人抓來問罪，還準備責打尋貓不力的官兵。官兵們惶恐不已，大街小巷四處找貓捉貓，只要是波斯貓就捉來送給童夫人辨認，結果都不是她養的那一隻。官兵沒辦法，送了一個大紅包給童夫人家中的老兵，打探出那隻貓的長相，畫了一百份「失貓圖」張貼在茶樓酒肆中，要杭城居民留心尋找。最後實在找不到，臨安府尹只好懇求童夫人的閨中好友代爲說項，童夫人才不再追究此事。

波斯貓在宋朝時大概十分罕見，所以成爲豪門貴婦的寵物，因爲牠毛長如獅，人們也稱牠爲「獅貓」。《金瓶梅詞話》第五十九回上說，西門慶的五妾潘金蓮就養了一頭雪白的獅貓，靈巧可愛，善解人意：「潘金蓮房中，養活的一隻白獅子貓兒，渾身純白，只額兒上帶龜背一道黑，名喚『雪裡送炭』，又名『雪獅子』，又善會口啣汗巾兒，拾扇兒，西門慶不在房中，婦人晚夕常抱著牠在被窩裡睡，又不撒尿屎在衣服上，婦人吃飯常蹲在肩上，餵牠飯：呼之即至，揮之即去，婦人常喚牠是『雪賊』。每日不吃牛肝乾魚，只吃生肉半斤，調養得十分肥壯，毛內可藏一鷄蛋，甚是愛惜牠，終日抱在膝上摸弄。」

工於心計的潘金蓮很嫉妒西門慶的六妾李瓶兒生了一個兒子官哥兒，便常在房裡用紅絹裹肉，讓這隻波斯貓撲而抓食。後來牠跑到李瓶兒房裡炕上，看到穿著紅緞衫的官哥躺在炕上動來動去，以爲是平日餵牠吃的肉食，就撲上去亂抓，結果官哥兒被抓得渾身是傷，又受了驚嚇，不久就夭折了，潘金蓮的寵貓竟成了主人意志的實行者。

《金瓶梅詞話》描寫的雖是宋朝時候的故事，作者卻是明朝人，多少也反映了明朝時養貓風氣之盛。事實上，明朝時許多皇帝后妃都養貓，宮中還有個「貓兒房」的機構，裡頭有三、四名太監，專門負責養貓之事，皇帝后妃的寵貓都有名字、封職銜，如果是母貓就稱「某丫頭」、公貓就稱「某小廝」，去勢的公貓則稱「某老爹」，最受寵的貓還可封到「某管事」。逢年過節時，這些寵貓也跟宮女太監們一塊兒領賞，平常也有薪俸——這當然全由養貓的主人來支配使用啦。這是晚明太監劉若愚在他那本談明朝宮闈軼聞的名著《酌中志》（一名《明宮史》）卷十六中所說的情形。

明人朱國楨《湧幢小品》一書上還說，明世宗養了一隻渾身淡青色，只有雙眉有兩個白點的貓，名叫「霜眉」。霜眉很靈巧，能窺伺明世宗的心意，每當好色的明世宗要臨幸某妃，聰明的霜眉好像都聽得懂世宗的話，在前面引路。世宗在某妃宮殿的暖炕上撒野時，這隻貓就蹲在炕頭上，一動也不動、目不轉睛地欣賞著炕上的妖精打架。後來這隻貓死了，明世宗十分難過不捨，特地追封牠爲「虬龍」，把牠埋葬在萬歲山北邊的山麓下，並在墓碑上御筆親題了「虬龍塚」三個大字，眞可說是「備極哀榮」了。

清人牛應之《雨窗消意錄》中也有個貓癡的故事，說山西有個富翁，養了一頭聰慧美麗的貓，牠的眼睛是金色的、爪子是綠色的、頭頂一塊朱紅色的毛、尾巴是黑色的，全身卻潔白如雪。富翁非常疼愛這隻貓，吃飯、睡覺都跟牠在一起。貓也很親暱主人，主人生病了就守護在他身旁；主人出去了，就在門邊等候，好像父子一般。有個貴家子看到了這隻貓，也非常喜歡牠，出一千兩黃金要買，富翁不肯；用一匹駿馬要換貓，富翁也不肯；貴家子要用他的小老婆來交換，富翁還是捨不得。貴家子很生氣，買通了牢裡的盜賊，誣賴富翁是同黨，官府來抄富翁的家，富翁知道是貴家子陷害他，依舊不肯把貓讓給對方，匆匆帶著貓逃到揚州，投靠商場的一個好朋友。結果這位巨商也愛上了他的貓，千方百計一定要跟他要，他還是捨不得讓，巨商爲了得到這頭貓，便在富翁喝的酒裡下毒，聰明的貓伸爪去把酒杯弄翻；富翁再去斟酒，貓又把酒弄翻，富翁發覺有異，連夜帶著貓逃離巨商家，半路上遇到一位好友，搭乘他的船沿大運河北上。在過黃河時，富翁失足落水，船夫搶救不及，富翁就被急流沖走了。貓在船上見主人失事，大聲悲哀叫號，隨即跳入水中殉死。主人這樣愛貓，家破人亡而不悔；最後貓也不負主人，以死殉之，這樣的感情，在人與人之間也不多見，卻出現在人與貓之間，難怪有那麼多人要愛貓成癡了。

（民國八十二年九月十四日中國時報）

會說話的人

天下許多東西都有速成班、急就章，唯獨辯才無礙卻不是短期之內可以達成的；它需要天生的急智機智和後天的博學廣知，更要有經常在大庭廣衆下磨練口才的實際經驗，才不會因怯場而減低了應有的表現水準。凡此種種，全都不是一蹴可及的。

古代中國有許多辯才無礙之士，他們的言詞機鋒所迸發的過人智慧，千載以下猶令人讚佩不已，拍案叫絕。

以下摘要略舉數例，以供讀者欣賞。

三國時代魏國的大臣鄧艾雖有口吃的毛病，卻聰明機智、捷於應對。他每次上奏時，總是「艾、艾」的「艾」個不停，自稱了半天仍不見正題，讓聽奏的司馬昭好不心急。有一回，司馬昭忍不住開玩笑的糗鄧艾說：「您說艾艾，究竟有幾個艾呢？」鄧艾當然只有一個，口吃的他居然引經據典的妙答道：「孔子云『鳳兮鳳兮』，說得也只是一鳳呀！」

清朝乾隆年間的大學士紀曉嵐也是反應敏捷、辯才無礙之士。

紀曉嵐五十五歲時晉升爲內閣學士兼禮部侍郎。有一天，紀曉嵐和王尙書、陳御史等人飲酒作樂。陳御史也是生性詼諧、喜開玩笑之輩，他看到廳外有一隻狗徘徊不去，等著覓食殘肴，靈機一動就對紀曉嵐說：「你看門外那隻畜牲是狼（諧音侍郎）是狗？」

紀曉嵐一聽，知道陳御史在罵他，當下反擊道：「狼狗之別有二，一是看牠尾巴，下垂爲狼，上竪（諧音尙書）是狗。」舉座一聽，哄然大笑，王尙書被流彈打得面紅耳赤，無言以對。

紀曉嵐清了清喉嚨，拉高聲音說：「二是看牠吃的東西，是狼的話遇肉吃肉。是狗的話遇屎（諧音御史）吃屎。」陳御史一聽，也張口結舌，甘拜下風，衆人更是笑得眼淚都流出來了。

紀曉嵐在翰林院時，因爲才思敏捷、妙趣橫生，而得同僚之欽喜與皇帝之榮寵。有年夏天，紀曉嵐正與同僚聚談，忽然乾隆帝微行來院。紀某因爲體肥怕熱，上身衣服脫光了打著赤膊，來不及把衣服穿回去，只好匆匆躲進壁櫃中。

紀曉嵐躲在櫃子裡又悶又熱，等了好久，聽見外面靜悄悄的，沒有人聲，忍不住把櫃門推開，攘臂而出，隨口問著：「老頭子走了嗎？」哪知乾隆帝還坐在那兒，等著看紀曉嵐能憋多久呢！

紀曉嵐大爲尷尬，光著上身就跪地請罪。乾隆帝問道：「你爲什麼稱朕爲老頭子呢？難道朕已很老了嗎？」

紀曉嵐說：「萬壽無疆之謂『老』，首出庶物之謂『頭』，昊天之子謂之『子』。」

乾隆帝一聽，點頭稱善，免了紀曉嵐無禮之失。

姦猾之人多機智，以便佞主邀寵、避禍保身，古來之奸臣往往多口舌便給、辯才無礙之輩，理由在此。

西元前二百年，蕭何主持修建的未央宮在多年營造下終於落成了。未央宮氣象森森，金碧輝煌，南爲正殿，東、北各兩宮，傍及武器庫和皇糧倉，聲色狗馬、一應俱全。

第二年，漢高祖劉邦平定韓王信的叛亂率軍回到長安，看見未央宮如此壯麗，很不高興，大罵蕭何說：「現在天下還未安定，成敗猶未可知，你爲什麼建造這樣奢華的宮殿，讓別人以此爲攻訐我的口實，說我和秦始皇一樣好大喜功、貪圖享樂？」

蕭何滿以爲壯麗的未央宮會博得皇帝的讚賞，那知卻挨了一頓臭罵，但是他畢竟反應機敏、口才過人，當下不慌不忙的說：「正因爲天下未定，才要趁機興建。臣以爲天子以四海爲家，寰宇爲樂；宮室不壯麗，不足以顯示天子之尊嚴，也無法昭示後代！臣爲了宣揚陛下的威德，也爲了讓後代營建的宮殿不要更壯麗而引人議論，才這樣做的呀！」一席話聽得劉邦轉怒爲喜。

南朝劉宋時，江夏王劉義恭出鎮盱眙郡（今安徽淮、泗一帶），路上遇到一位書生名叫劉懷珍，因劉懷珍談吐不俗、善於應對，劉義恭便對他另眼相看，留他在身邊加以提拔。劉懷珍從參軍、直閣將軍一直作到樂陵、河間二郡的太守，後來因爲母親去世，才丁憂辭官，回家服喪。

三年後，劉懷珍丁憂期滿，復出爲官，劉恭義看見他容顏依舊，並未因母喪悲哀而顯得憔悴，就有些調侃的問他說：「與你相別多年，怎麼不見你老呢？」

劉懷珍眞會說話，馬上回答道：「主公的恩情還未報答，在下怎敢就先老呢？」

劉義恭一聽，心花怒放，又升劉懷珍爲黃門郎兼領虎賁中郎將。

清朝初年時，直隸正定人梁清標與其子都在朝爲官，權勢烜赫，做了一些貪贓枉法之事。梁清標卒於康熙二十年，其子至乾隆年間才由相國之位退休。

梁相國快退休時，有人把他不法之事向乾隆帝稟告，乾隆帝聽後頗爲不悅。不久乾隆帝出遊大佛寺，梁相國在山門恭迎。乾隆帝見了梁相國，心中怒火陡起，故意指著山門前的彌勒佛刁難的問梁某說：「佛見朕爲何發笑？」

梁相國很機警，馬上回答說：「因為佛見到了佛，所以開心地笑了。」這樣的機智問答，可以得一百分，總算過關了。

沒想到乾隆帝又問梁相國說：「然而佛見你也笑，又是為何呢？」

梁相國真是反應機敏，當下就叩首回稟說：「佛是笑奴才不成佛啊！」

不是這樣辯才無礙，又怎能成大奸大惡之輩？

急智辯才不獨可以邀寵遠禍，還能替人排難解紛、化干戈為玉帛呢！

晚清時，陳樹屏曾擔任江夏縣（今湖北武昌縣）知縣，素以辯才過人著稱。當時張之洞擔任鄂州（今湖北武昌縣）督軍，與撫軍譚嗣同經常意見相左，彼此是死對頭；因為張之洞主張守舊擁護慈禧太后，譚嗣同卻主張維新變法。

一天，陳樹屏在黃鶴樓宴請政界顯要，張之洞、譚嗣同都受邀列席。兩人喝得酩酊之際，又因為一點小事抬起槓來。座中某客不知怎麼的談到武漢江面的寬度，譚嗣同說他知道有五里三分寬；張之洞立即反駁說不對，是七里三分。兩人相持不下，誰也不肯讓誰。他們都是大官，旁人分量也不夠，說誰對都會得罪另一人，場面就僵住了。正在此時。坐在末座的陳樹屛慢慢舉手發言說：「江面水漲時，有七里三分寬；江面水落時，剩五里三分；張制軍說的是水漲時的寬度，譚中丞說的是水落時的寬度，兩位賢達都沒有說錯。」一番話說得張、譚兩人撫掌大笑，滿座賓客鼓掌叫好。

聰明機智是天生的，所以歷史上有許多「神童」以其過人的口才留名青史。

東漢桓帝延熹五年（西元一六二年），孔子的二十四世孫孔融只有十歲，隨父親來到洛陽。當時司隸校尉李膺名滿天下，只有李家的內親外戚或當世才俊之士，才能得到守門人的通報，上李家作客。

孔融也不管這些，逕自來到李膺家門前，告訴守門人說：「我是李府君的親戚，請代爲通報。」

守門人見他自信滿滿，不敢怠慢，就帶他去見主人。李膺見是一個陌生的小孩，訝然問道：「你和我有什麼親戚關係呢？」

孔融當著許多賓客面前，從容回答說：「從前我的先人孔子曾向您的先人老子請教過禮，並尊您的先人爲師，所以我和您是幾十代的世交啊！」

李膺和賓客們聽了，都嘖嘖稱奇，讚佩不已。後來，太中大夫陳煒也進入李家大廳，有人就把孔融剛才的一番話轉述給陳煒聽。陳煒器量很小，酸溜溜的批評孔融說：「小時候聰明伶俐，長大後不一定有出息。」

孔融聽了，馬上回嘴說：「如此說來，先生小時候一定是聰明伶俐的人嘍。」一句話說得陳煒無法招架，恨不得找個地洞鑽進去。

清道光十四年擔任浙江巡撫的滿人烏爾恭額，有一回蒞臨某書院視察，看到學生們正在搶吃的東西，生氣的罵道：「好一群老鼠。」

不一會兒，他來到講桌前，看見桌上有一張紙條，上面寫著一副對聯：

鼠無大小皆稱老；

龜有雌雄總姓烏。

罵得也眞是痛快淋漓，只可惜創作者怕受到處分，沒有署名。然而有此捷才敏思，也可說是一位辯才無礙的神童了。

清朝乾隆年間，大畫家金農客居揚州，許多有錢的鹽商們久仰其名，爭相邀請他喝酒吃飯。

有一天，某個鹽商在揚州瘦西湖北岸著名的風景勝地平山堂宴客，請金農坐首座。席間，眾人倡議行酒令，要說一句古人的詩，裡頭有「飛」、「紅」二字才算正式過關，否則就要罰一大杯酒。

輪到請客的鹽商時，他苦思半天仍說不出來。大家正起鬨要罰他喝酒時，他忽然說：「我想到了，有一句古詩說：柳絮飛來片片紅。」

眾人一聽，譁然譏誚，說柳絮那裡會是紅色的？一定是他自己杜撰的不通之句，要罰酒，要罰酒。

金農獨排眾議，站起身子說：「這是元人詠平山堂的詩句，引用貼切，應該鼓掌喝采。」

眾人不信，要金農把原詩背出來。金農說：

廿四橋邊廿四風，

憑闌猶憶舊江東；

夕陽返照桃花渡，

柳絮飛來片片紅。

說柳絮染了夕陽之色，所以才片片飛紅。眾人聽了，都佩服金農的學問淵博。其實元朝時那有什麼詩人寫過這麼一首詩呢？全是金農爲了替主人解圍，臨時編出來的。金農字寫得好、畫畫得好，又有如此的捷才，在頃刻間作出這麼好的詩，替人解圍答辯，才眞叫人又羨慕、又佩服呢！

（民國八十三年十二月六日中華副刊）

寬容的故事

台灣地狹人稠，大家同擠在一個小島上過日子，久而久之，不但容易變得心胸狹窄，彼此生摩擦、起衝突的機會也特別多。常見兩個人爲一點點小事諸如占車位、爭車道，甚或瞄了對方一眼，就惡言相向、大打出手，一點風度也不講、一點顏面也不顧。號稱五千年歷史文化的禮義之邦，竟然粗魯至此，豈不叫人浩嘆悲哀嗎？

我想起古時候許多寬宏大量的人，和他們那些寬宏大量的故事。下面就挑幾則精彩感人的說一說，與讀者共勉，希望你我都能見賢思齊，從此以後脫離怨嫌嗔怒的苦海，不再輕易動氣。

北宋太宗時的宰相王旦，度量寬宏，別人從來沒見過他發脾氣。他官做得雖大，從來不端架子，回到家中，只和顏悅色對人。如果飯菜燒得不可口，他也不生氣，只不吃就是了。

有一回，家人要試試他的度量，故意撒一把泥沙在他的那碗肉羹裡。王旦看了看，不吭氣，就只吃白飯而已。家人故意問他爲何不吃肉羹？他說：「我今天不想吃肉羹。」

又一回，家人在王旦的飯碗裡淋上墨汁，看王旦怎麼辦？王旦看了看，對僕人說：「今天我不想吃乾飯，你替我盛一碗稀飯來。」竟連誰在他飯碗裡澆墨汁都不問一聲。

有一天，王旦的子弟們跑來告狀，說廚子偷肉，害他們吃不飽，一定要王旦處罰那個廚子。王旦問：「你們一天要吃多少肉？」

家人說：「一斤。可是現在買一斤肉回來，大家只吃到半斤而已。」

「每天一斤肉夠你們吃飽嗎？」王旦問。

「一斤當然夠飽了。」家人齊聲回答。

王旦說：「那從明天開始，吩咐廚子每天買一斤半的肉回來好了。」

有一天，王旦在衙府中辦公時，宋太宗派人送了十罈美酒到他家裡。王旦的哥哥知道了，興匆匆的趕來，抱起兩罈就走。

王旦的妻子攔阻道：「這是皇上賜的，等宰相回來看過了，你再拿不遲。」

王旦的哥哥聽了十分生氣，找來一根鐵條，把十罈酒全砸碎了，酒流得滿地都是，頭也不回的走了。

王旦的妻子也很生氣，不准下人把碎罈殘酒掃淨，留著等王旦回來看。王旦下朝歸府，看見滿地狼藉，問是怎麼回事？家人把事情經過說了一遍。王旦慢條斯理的對妻子說：「人生光景幾許時，其間何用較計？」就繞過碎罈殘酒進屋去了。

諺云「宰相肚裡好撐船」，典故不知道是不是從王旦而來的。

明中葉時，歷任禮部尚書、東閣大學士的徐階，是位正直的清官，後來受小人排擠，罷官歸里而回松江華亭。徐階回家後，設筵遍招親友故人敘舊。

吃酒席時，有個人貪小便宜，把金杯藏在帽子裡，正巧被徐階看到了，徐階不吭氣。

快散席時，負責酒筵的總管點收金杯，發現少了一隻，便慌張的四下尋找。徐階說：「金杯沒少，不用找。」

偷金杯的人貪飲，喝醉了，起身離席時，踉踉蹌蹌的跌倒在地，帽子也掉了、金杯也滾了出來。徐階看了，趕緊轉身背對著那人，叫家僕仍舊把金杯塞入帽中，替他把帽子戴好，扶他出門去。

對偷兒寬宏大量的還有晉人羅可。有一回羅可在家園中散步，遠遠看見有人正背對著他在偷拔他家種的蔬菜。羅可趕緊蹲下身來，伏藏在草叢間，直等到那人偷拔完了離去，才站起身來。

又有一回，有個鄰人偷了羅可家的一隻雞，羅可知道以後，攜了一壺酒到那人家裡，對他道歉說：「我們住同一個鄉里，我不能把雞煮好了招待你來吃，眞是慚愧萬分啊！」說完後，把帶來的酒放到桌上，請那人叫妻子小孩一塊兒坐上桌，吃肉喝酒，盡醉而歸。

對家人親友或鄰居如此寬容，已經十分難能可貴，對素不相識的路人也和顏悅色，犯而不較，就更不容易了，這樣的例子在古時候也有好幾樁。

南北朝時有個人名叫沈麟士，有回他走在路上，忽然有個人上前來，怒氣沖沖的指著沈麟士腳上穿的木屐是他的。

沈麟士對那人說：「是先生的木屐嗎？」就脫下來給那人，光著腳繼續走路。那個人拎著木屐走了沒多久，又匆匆追了回來，把木屐送還給沈麟士，說剛才他弄錯了，他的木屐已經找到了。

沈麟士笑著說：「不是先生的木屐嗎？」又從容的把木屐穿上。

五代時，歷仕四朝十君、當了二十幾年宰相的馮道，也是個寬宏大量的人。許多人罵他厚顏無恥，不忠於一君一朝，他也不辯白，更不利用權勢去報復批評他的人。

這天，有個人牽了一頭驢子在街上走。驢臉上貼了一張紙，上頭寫了「馮道」兩個大字，看到的人都哈哈大笑。馮道的親友見了，趕快跑去向馮道報告，要他派人去把那人抓起來。

馮道說：「天下同名同姓的人很多，我想大概是走失的驢子在找尋他的主人吧！」

對陌生的路人寬容大量已難能可貴了，對奴僕也一視同仁、寬宏大量，就更反映出一個人修養之高。有三個類似的故事都發生在北宋時候。

文史大家司馬光當宰相時，家中有個奴僕不小心打碎了一個名貴的琉璃盞。這個奴僕是洛陽府派去司馬光家當差的官奴，他的上司洛陽府尹很生氣，派人把他綁起來，交由司馬光處罰。司馬光在公堂上判道：「玉爵弗揮，典禮雖聞於往記；彩雲易散，過差宜恕於斯人。」竟毫不計較的原諒了那個奴僕。

北宋名將韓琦帥軍鎮守定州時，有一回深夜裡還忙著寫公文書信，叫一個小兵手持蠟燭在一旁替他照明。時間稍久，小兵覺得無聊，心不在焉的看旁邊，竟讓燭火把元帥的一把長鬍子給燒了起來。

韓琦發覺了，趕忙放下筆，用袖子把鬍鬚上的火撲熄掉，再繼續寫公文。一回首，發現替他拿蠟燭的那個小兵已被撤換下去了。韓琦怕小兵受罰，急忙喊道：「不要換人，這個小兵現在已懂得怎麼拿蠟燭了，換掉幹嘛？」

北宋時工寫詩善屬文又愛喝酒的大學士石曼卿，有一回騎馬出遊報寧寺。走在路上時，牽馬的僕人沒有控制好馬匹，讓馬兒受驚亂竄，把石曼卿顛下馬來，跌個四腳朝天。

僕人嚇壞了，趕緊扶起石曼卿來。路人都圍攏過來，好奇的看石曼卿怎麼責罵僕人。石曼卿苦笑的對僕人說：「幸虧我是石學士，如果是瓦學士，豈不要跌碎了嗎？」

對親友路人僕從奴婢寬宏大量都還算容易，連對仇人也寬宏大量，就更難能可貴了。

明世宗嘉靖八年，宰相楊榮遭尚書霍韜彈劾，削秩罷官歸里。霍韜心有未足，還想把楊榮的門生也一網打盡、株連淨盡。有個太學生名叫孫育，和楊榮一樣是福建建安人，楊榮當宰相時，最照顧這個小同鄉了，視他如子弟般的呵護著，拉拔他入文華殿做事，最後援例在北京城裡謀得一個官職。

楊榮被罷斥時，孫育怕遭連累，就寫了幾十條楊榮平日的「罪過」呈交給霍韜，以求自保。沒想到過了幾個月，孫育得了暴疾，病逝於北京；他兒子便把父親的棺柩運回建安歸葬。

孫育的棺材運回家，設靈堂做法事時，罷官歸里的楊榮換上素服到孫家來弔唁，孫育的兒子跪著哭道：「雖然作兒子的不敢批評父親的過失，但是忘恩悖德的人總會遭致不祥。家父對不起楊公而死，是上天的旨意，請楊公回去吧，不要來弔喪。」

楊榮笑著說：「你父親那有對不起我呀？我遭人陷害，還連累了你父親，他想保全身家性命，萬不得已才借我來免禍的，我若不能諒解他，豈不是更對不起他了嗎？」

台灣有句諺語說「有量才有福」，因爲度量大、待人寬厚而給自己帶來福氣的故事也很多。

春秋時代的楚莊王有一回夜宴群臣，忽然颳來一陣大風，把火炬吹滅了。有個臣子因爲喝多了，變得輕浮大膽起來，趁黑摸了侍酒的美女一把。美女機警的一把拉斷了那人的帽纓（繫帽的帶子），到楚莊王面前告狀，要莊王快派人把火炬重新點亮，看是誰的帽纓不見了。

楚莊王大聲說：「怎麼可以爲了彰顯婦人的貞潔而屈辱了酒後亂性的大臣呢？酒後亂性豈不是人之常情嗎？大家聽著，今天晚上誰不喝得扯斷了帽纓，就表示他還沒盡興，表示我這個主人招待不周。」

大家聽了都鼓掌喝采，紛紛把自己的帽纓扯斷，楚莊王這才叫人把火炬點亮，繼續喝酒。

過了兩年，楚國和晉國打仗，楚莊王五次身陷重圍，每次都被一個奮不顧身的小將把敵人殺退，楚國終於打勝了。楚莊王把那個小將找來，問他爲什麼要冒死救他？那個人說：「我就是兩年前在筵席上被國王侍姬拉斷帽纓的罪人啊！」

另一則故事也發生在春秋時代。

秦穆公有一匹跑得很快的駿馬，被一群飢餓的盜賊偷去殺了，在岐山山腳下煮馬肉吃。管馬的人追查到那群正在烹煮馬肉的盜賊，跑去跟秦穆公報告。秦穆公帶了一大群侍衛和一罈美酒趕到岐山下，對那群盜賊說：「我聽人說吃駿馬的肉要喝酒，否則會中毒而死。」就把一罈美酒賜給他們，而後率衛士們離去了。

後來秦穆公跟晉國打仗，在岐山附近被圍，正在危急之際，忽然有一群人冒死衝來，把晉軍衝散，救出了秦穆公。秦穆公一看，正是當年他所原諒的那群偷馬賊。

「有量才有福」說得眞是有道理。

（民國八十三年一月十四日中華副刊）

倒霉

報載日前發生一件離奇案例，台北市車輛事故鑑定委員會祕書王肇基，騎機車至忠孝東路、基隆路口遇到紅燈，當他在等候燈號轉綠時，竟被從六樓公寓跳樓自殺的男子何炳輝撞到，猛烈的撞擊力使王某頸部受嚴重傷害，目前仍在醫院治療觀察中。

這種禍從天降的故事，六年前也曾發生過一次，一個在台北市中山區錦州街賣燒肉粽的小販，被跳樓自殺的女子壓到，當場頸部折斷死亡，女子則安然無恙。好好地在路旁等紅綠燈、騎腳踏車賣燒肉粽，天上竟有人落下來，不偏不倚地壓個正著，壓得非死即傷，豈不是無妄之災嗎？

這樣倒霉的無妄之災，在古時候也曾一再發生過，讓人想不通、參不透命運到底是怎麼一回事？因果報應又當作何解釋？

南北朝的梁武帝很喜歡下圍棋，常跟大臣捉對廝殺，一下就是通宵達旦；陪他下棋的大臣個個都累得像龜孫子似的直打瞌睡，只有梁武帝他老人家精神抖擻、興致高昂，一會兒喊「殺」、一會兒叫「吃」，還有閒暇嘲笑在一旁觀戰卻打起盹來的吏部尚書到漑（字茂灌）說他「狀似喪家狗，又似懸風槌」，又提醒睡著的儀曹郎陸子龍說：「燭火燒到你的貂皮袍子了。」

當時有個道士，法號榼頭師，道行很深。一天，梁武帝派中使召榼頭師來，有事情跟他商量。中使帶榼頭師進宮時，梁武帝正下棋下到緊張處，中使跪稟說：「榼頭師來了。」梁武帝根本沒聽見，專注在棋盤上喊「殺」，要吃對方的大龍。

中使以為梁武帝叫他把榼頭師殺了，立刻「奉旨行事」，退下去把榼頭師拖到宮殿外斬首。等梁武帝下完棋，問中使榼頭師來了沒？中使說：「陛下叫我殺，我已經把他殺了。」

榼頭師就這樣陰錯陽差地枉死在刀下，連喊冤辯白的機會都沒有，你說他倒霉不倒霉？

南北朝時，北周有個無名的牧童，在原野上牧羊，忽然有個年輕勇武的獵人騎馬奔馳而至，結結巴巴地問牧童有沒有見到一隻鹿從附近逃走？從那兒逃？牧童是個口吃，他結結巴巴地答說：「不不不曾—看看看到。」

獵人聽了，不由分說就一箭把牧童射死了。原來這個獵人名叫鄭偉，天生也有口吃，他以爲牧童故意笑他口吃，學他結巴地說話，才在一氣之下殺死了對方。口吃碰到口吃，天下竟有這樣巧的事，一場誤會卻引來殺身之禍，而且連爲什麼被殺都不知道就做了枉死的糊塗鬼，豈不是倒霉到家嗎？鄭偉後來屢建軍功，在北周武帝時，官至華州刺史，可是誰知道那個枉死的牧童如果沒有遇到鄭偉、沒有遭此橫禍，又會有怎樣的成就呢？

明太祖洪武初年的一個元宵節晚上，南京城裡許多市民都上街看花燈。有一條街上掛了一排花燈，花燈上都貼了燈謎，供路人猜射。

有一個燈謎沒有文字，只畫一個大腳婦人懷裡抱著一個西瓜，許多逛街看花燈、猜燈謎的人都不知道畫裡的意思。

正好明太祖朱元璋換穿了便服，夾雜在人群中與民同樂，他也看到這則圖畫的燈謎，便一下就猜出了謎底。原來這個燈謎謎面是「淮西婦人好大腳」，謎底是朱元璋的老婆「馬皇后」，因爲馬皇后是淮西人，又沒有纏足。古代中國流行纏足，女人若不纏足會惹人嘲笑譏諷爲「大腳婆」。朱元璋大爲生氣，問附近的人是誰出的燈謎？竟沒有人敢承認，結果他立刻下令封街，把整條街上看花燈的老百姓全抓來殺了。

看花燈也會惹來殺身之禍，你說倒霉不倒霉？

明朝初年有個人名叫藍玉，是北征沙漠、掃蕩元室餘孽的名將，替朱元璋立下了汗馬功勞，成爲明朝的開國功臣。藍玉不但擅於打仗，也喜歡收藏古董字畫，有一回，蘇州經歷孫蕡拜訪藍玉，藍玉取出收藏請孫蕡鑑賞，還請他在自己得意的一幅收藏上題詩。孫蕡詩寫得好、字寫得也好，就在畫上題寫了詩跋。

後來藍玉的仇家誣告藍玉圖謀造反，器量狹小、生性猜疑的朱元璋便大開殺戒，不但誅殺了藍玉，連藍玉的同黨和親友也不放過。孫蕡因爲曾在藍玉收藏的畫上題過詩，證據確鑿，便被視爲藍玉的同黨，逮捕下獄處死了。受人邀請而題了一首詩，就惹來殺身之禍，你說冤枉不冤枉？

冤枉的事情還在後面哩！孫蕡臨死前，口占一詩道：

鼉鼓三聲急，西山日又斜；
黃泉無客舍，今夜宿誰家？

孫蕡被處死後，監斬官進宮向明太祖朱元璋稟報。朱元璋問監斬官，孫蕡臨死前說什麼？監斬官就把孫蕡臨死前所作的詩說了一遍。朱元璋一聽大怒說：「孫蕡作這麼好的詩，你爲什麼不早一點稟奏，叫我再上哪兒去找這麼優秀的一位詩人呢？」竟下令左右侍衛，把監斬官推出去殺了。

別人詩作得好不好、該不該死，干監斬官何事？

你說監斬官死得冤不冤枉？

明神宗萬曆年間，浙江鄞縣有個醫生名叫馮益（字謙之），在北京城裡開診所，靠替人看病維生。

當時另外有個浙江慈谿人也叫馮益（字損之），他先在隴西當教師，後來因為犯法被流放到邊疆。馮益受不了邊塞苦塞，不久就逃回北京城裡，拉攏關係投靠了昭武伯曹欽；曹欽打算造反，馮益就充當軍師為曹欽籌畫。後來曹欽被朝廷捉拿處斬，曹欽的愛妾賀氏把馮益也供了出來，朝廷便派人去捉拿馮益。官兵一時不察，竟把行醫看病的馮益當作是圖謀造反的馮益，抓進了官府。馮益再三辯解，官府總不相信，因為他恰巧也是浙江人；結果馮謙之被拉到刑場，在不停地呼冤聲中人頭落地。等眞正造反的馮益被捕歸案時，冤死的馮益早已回生乏術了。

民國初年時，軍閥韓復榘擔任山東省省主席，他是個不學無術的大老粗，卻又自信滿滿、專斷獨行。

有一次，韓復榘在省府大堂親審官兵捕獲的土匪，正好省參議沙千里派工友送信呈給主席。工友見主席審案，就立在柱後偷看、一邊等審完後好把信面呈給主席。

韓復榘親審土匪一一判處死刑後，正欲起身入內，見一人藏在柱後，便喝問何人？工友說：「送信的。」韓以爲他是替土匪送信的，對執法的士兵說：「送信的不是好人，一道槍斃。」隨即轉身進入內堂。

士兵就把工友捆縛起來，送上汽車，押赴刑場和其他土匪一道槍斃了。

像以上這樣的無妄之災，倒霉的受害者又到那裡去伸冤呢？命運眞是不合邏輯、不講道理又兼莫測高深的謎啊。

（民國八十三年二月五日聯合晚報）

幸災樂禍

前立法委員王建煊還當財政部長時，有回攜妻爬山。在山上休息時，忽然跑來一位中年婦人，問他們是不是沒有小孩？王建煊夫婦點頭承認後，那位婦人欣喜地跑回去，告訴她的老伴說：「王部長他們也沒有生小孩欸！」王建煊聽到了，感慨地對妻子說：「我們的不幸竟成了他人的安慰。」

人都有幸災樂禍的心理。看到某某人辭職下台、某某人家遭了小偷、某某人放高利貸被人倒帳、某某人玩股票賠了錢、某某人生病住院、某某人失戀被甩、某某人去隆乳碰到庸醫、某某人才買的新車被人刮了……，我們的心底都難免會泛起一些不是難過、同情的東西，長期糾結的眉頭豁然為之舒坦，久久鬱悶的心情頓時一掃而空，甚而忍不住要得意的哼一點什麼小曲出來。

這就是為什麼災難新聞永遠是眾人關切的焦點，大家總是鉅細無遺、津津有味地看著、聽著、重複轉述著，難怪古諺中有「好事不出門，壞事傳千里」的話。

「幸災樂禍」典出《左傳・僖公十四年》：「背施無親，幸災不仁。」及《左傳・莊公二十年》：「歌舞不倦，是樂禍也。」原說的都是國與國之間的關係，後來卻全用在人與人之間，說一個人看到了別人的災禍，不但沒有同情心，反而還暗自高興。

這樣的例子可謂比比皆是。《世說新語》書中說：東晉安帝時的江州刺史桓玄帳下有個參軍名叫倚（姓不詳）。有一回，桓玄招待屬下聚餐，桌上有一盤蒸薤，長長的薤葉蒸熟後糾結在一起，倚舉起筷子去夾，無法夾出單獨的一根薤葉，他努力奮鬥了半天，還是解不開、抽不出。同桌的同僚見狀，都幸災樂禍的袖手旁觀，無人舉筷幫忙，偏偏倚這個人又很固執，一直用筷子夾著一根薤葉不放，非吃到它不甘心。結果全桌的人看著他那副狼狽相，都忍不住哈哈大笑起來。桓玄見了很不高興地責備眾人說：「餐桌上舉手之勞你們都不肯相助，那戰場上遇到危難時豈不更要袖手旁觀了嗎？」就把與倚同桌之人全部革職了。

幸災樂禍的人往往見不得人好，見到別人快活，他心裡就難過；一定要見到別人難過，他心裡才快活。

宋哲宗紹聖元年（西元一〇九四年），新黨的章惇當宰相，他不但厲行新法，還把舊黨人士全部貶謫到邊疆蠻荒之地。蘇東坡屬於舊黨陣營，被貶謫到了惠州（今廣東省歸善縣）。

惠州在宋朝時是南邊瘴癘之地，向來被貶居此地的大臣都很少能活著回到故鄉的。蘇東坡卻隨遇而安，過著高枕無憂、怡然自得的生活，每天都睡到日上三竿才快活地起床。清晨沿街打鐘報曉的僧道，都知道蘇學士還在睡著，來到他家附近時，總是輕輕地打鐘報曉，以免吵醒了他，以此表示他們對蘇東坡的敬仰之意。

蘇東坡在他的詩作裡，曾記實地寫下此事說：「爲報先生春睡足，道人輕打五更鐘。」

佳句傳到汴京，章惇很不高興地說：「蘇東坡還這麼快活嗎？」竟然又下令把蘇東坡貶到更南邊的瓊州（今海南島）。

如章惇者，也可謂幸災樂禍之輩。

明太祖朱元璋身邊有個倖臣名叫陳君佐，學問滿腹、反應敏捷，談吐詼諧，機智過人。朱元璋肚量狹窄，喜歡刁難別人；可是陳君佐每次總能把難題應付過去，還博得君王哈哈一笑。有一回，朱元璋故意要陳君佐講個一字笑話，一個字就得把他逗笑。陳君佐想了想，回稟太祖說：「一字笑話有了，可是得請皇帝明日辰時三刻移駕金水河邊聽笑話。」朱元璋不知陳君佐葫蘆裡賣的是什麼藥，好奇地欣然同意了。

第二天一早，陳君佐預先找來了幾十個瞎老頭兒，要他們站在金水河對岸邊上，一字排開，要他們聽口令做動作，以迎聖駕。等太祖來到金水河邊，陳君佐就高聲喝令那些瞎老頭們道：「拜——」，結果對岸的那一排瞎老頭兒，全拜跌入水中，「撲通」之聲此起彼落。朱元璋見此滑稽情景，忍不住捧腹大笑，差一點笑得從馬背上跌下來。

朱元璋被陳君佐這個一字笑話逗笑了，也是一種幸災樂禍的心理表現。

清人金聖嘆「三十三不亦快哉」當中，說「朝眠初覺，似聞家人歎息之聲，言某人夜來已死，急呼而訊之，正是一城中第一絕有心計人，不亦快哉。」說「看人風箏斷，不亦快哉。」也都有幾分幸災樂禍的意思在裡面。

災難如果發生在我們敵人頭上，我們很難不幸災樂禍。南宋奸臣秦檜、賈似道貶死時，「人人拍手稱快」，嚴格說起來，那也是一種幸災樂禍，可是誰在乎別人指責他幸災樂禍呢？不但要「拍手稱快」，還要「食其肉，寢其皮」才能一洩心頭之恨哩。南朝梁武帝時，殘暴虐民的軍閥侯景兵敗被殺後，屍曝於市。「市民爭食其肉」；唐玄宗時禍國殃民的奸臣楊國忠在馬嵬坡被殺，「士卒食其肉」；明武宗時欺凌百姓的權宦劉瑾被凌遲處死後，也有「民爭購其肉，食之以洩恨」之事，這全都是幸災樂禍的表現。民國三十四年八月六日、八日，美國以兩顆原子彈投擲在日本的廣島、長崎，造成十餘萬人的傷亡，消息傳來，當時飽嘗日寇荼毒的中國人幾乎無人不歡欣鼓舞，那也是一種幸災樂禍，但是誰曰不宜呢？那是標準的「自作孽，不可活」。

幸災樂禍似乎是人類的一種天性。我的姪兒殷壽錚不乖，被他爸爸打了，他的姐姐殷壽芹欣喜若狂地跑到客廳來告訴大家說：「哈哈哈，牛牛（殷壽錚小名）被我爸爸修理了。」十歲的小女生也有如此的反應，怎能說幸災樂禍不是一種與生俱來的天性呢？

其實幸災樂禍絕不是一種卑劣的人性，它反倒是人生裡頭一種免費的快樂和知足的睿智。它的正確意思應該是說：看到別人有災難了，慶幸自己沒有同樣地蒙受災難；看到別人大禍臨頭，想到自己居然平安無事而爲自己高興快樂。這樣「幸災樂禍」的反應，又有什麼不好呢？

（民國八十三年九月十五日自由時報）

行行出狀元

現在的小孩子讀書比以前辛苦，因爲升學的壓力空前沉重，爲了擠進理想的高中和大學，學生們個個都犧牲了視力、犧牲了健康，把原本應當在大自然裡嬉耍遊戲度過的童年時光拿去讀書、考試、惡補，苦讀死背一大堆將來永遠也派不上用場的知識糟粕。

大人們在一旁乾著急也沒用，明知童年的黃金歲月不應該如此安排度過，可是整個社會大環境的價值取向都畸形的傾向於：讀書升學獲取大學、研究所的文憑是年輕人唯一的出路，其他的念頭路子都可以用三個字去概括形容——沒出息。

出息是什麼？是淸高顯赫的社會地位嗎？可是「士農工商」的社會階序早不流行了；是日進斗金的豐厚收入嗎？可是讀書和賺錢根本是風馬牛不相及的兩件事情。爲什麼大家卻又死心塌地、一廂情願的認定讀書是唯一有出息的路子呢？這豈不是乖謬矛盾兼糊塗可笑的事情嗎？

我以爲讀書的目的是爲了獲取知識，這個知識包括了做人處世的道理、健康正確的人生觀、體認自然和人文之美的本領和尋找快樂的方法。可是現在的中學教育似乎遠遠偏離了上述宗旨，國中三年的日夜苦讀只爲了考進明星高中，高中三年的焚膏繼晷只爲了考進明星大學；在如此奇怪的目標下，教材的內容和讀書的方法都遭受到嚴重的扭曲，孩子們的不快樂、反叛乃至吸食安非他命、殺人放火、厭世輕生……，豈不都是很自然的反應嗎？

一切的問題全出在社會大衆仍緊緊抱著陳腐落伍的觀念不放，認爲「萬般皆下品，唯有讀書高」，讓所有的孩子全去擠升學的窄門，因而嚴重扭曲了教育的功能和目標，大家都忘了我們還有另一句可以針砭此一時弊的格言：「三百六十行，行行出狀元。」下面我要舉許多實例來說明這句健康的眞理。

小孩子喜歡塗鴉、不喜歡讀書，好不好？可別太早下定論。古往今來，古今中外，多少小時候喜歡塗塗抹抹的人在世的時候就名利雙收，吃喝不盡，死後更成了千古不朽的大畫家呢！

唐朝有個吳道子，在東都洛陽的寺廟裡替人畫壁畫，因爲畫的鬼魂人物栩栩如生而又別出心裁，畫的地獄變相能叫看的人腋汗毛悚、不寒而慄，讓殺豬捕魚的人看了怕得趕緊改行不再殺生，名聲立刻傳遍全國。唐玄宗召他到長安宮廷裡，把他供養起來，給他作「內教傳士」的官。吳道子的一幅屏風畫，在當時就值兩萬金到一萬五千金，現在當然就更不知值多少億美金一幅了。唐朝時喜歡收藏的人，如果手中沒收藏到吳道子的畫作，就沒有資格稱爲眞正的收藏家，你說他有多吃香？

南宋時，有個山水畫家名叫馬遠，因爲畫畫得好，被皇帝請到宮廷畫院裡擔任待詔，一生不愁吃穿，享受著榮華富貴。馬遠不是頭一個靠塗鴉吃飯的人，他的曾祖父馬賁是北宋徽宗時的書院待詔，長於飛禽走獸畫；他的祖父馬興祖是南宋高宗時的畫院待詔，工於山水、花鳥和人物畫；他的父親馬世榮、伯父馬公顯也都是高宗時的畫院待詔；馬遠的哥哥沒有入宮接受朝廷供奉，只在民間以作畫維生；馬遠自己則是光宗、寧宗兩朝的畫院待詔；馬遠的兒子馬麟則是寧宗朝的畫院祇候，馬遠一門五代七位畫家幾乎都名列畫院，備受榮寵，畫畫算不算是個好行業呢？至於當代畫家大筆一揮作品動輒賣幾十萬、上百萬的，更是大有人在，讀書有這麼好賺嗎？我不相信。

不喜歡讀書又不愛塗鴉也沒關係，幹點別的一樣餓不死，一樣有出息。

幹廚師學燒菜怎麼樣？商朝時有個廚師名叫伊尹，因爲菜燒得好吃，被商朝開國君主成湯請到宮廷裡；成湯要伊尹把燒菜的那一套訣竅運用在治理國家上，結果伊尹成了名臣，把國家治理得井井有條，奠定了商朝富強的根基。春秋時代有個很會燒菜的廚師名叫易牙，憑著一手廚藝成爲齊桓公身邊的大紅人，享盡榮華富貴。清朝時蘇州有個廚子名叫張東官，菜燒得很好吃，名聲遠播。乾隆皇帝在乾隆三十六年二月南巡山東，初七日到南倉大營碼頭晚膳時，長蘆鹽政西寧特以重金禮聘張東官來燒了四道菜給皇帝吃。乾隆皇帝對張東官燒的「冬筍炒鷄」讚不絕口，不但特別賞賜他兩個銀錁子，還特聘他到北京當御膳房之長哩！張東官燒的一道「糖醋櫻桃肉」極爲膾炙人口，從乾隆到晚清西太后時代，一直是歷代皇帝后妃所愛吃的一道名菜。幹廚師幹到像張東官這樣名利雙收、千古不朽，有什麼不好呢？

不喜歡廚房的油煙嗆鼻、不想學烹飪，沒關係，學學種花養草如何？

唐朝時，人們喜歡種植牡丹、欣賞牡丹。當時有些擅長栽培牡丹的園藝家都身價百倍，成爲權貴們爭相聘請的對象。洛陽有個花匠名叫宋單父，他對花卉植物的生態習性頗有研究，更能培育出各式變種花卉，光是牡丹就能栽培出上千種品種來，各種不同的顏色艷麗絕倫，別人也不知道他是怎麼種出來的。宋單父的名聲傳到京城長安，唐玄宗特地聘請他到驪山負責種植花草，賜他千兩黃金，宮中的人都尊稱他爲「花師」而不名。像宋單父這樣的花匠，豈不是也令人艷羨萬分嗎！

不愛種花養草也沒關係，學學飼養牲畜家禽一樣是條路子，一樣可以不愁吃穿甚而大富大貴呢！

東周末年時，秦國有個靠畜牧爲生的人名叫烏氏倮，他在山腳下養了許多牛、羊、馬、雞等牲畜家禽，等牲畜繁殖長大了，把牠們賣掉，再買更多的牲口來養。幾十年下來，烏氏倮的牛羊多得可以用「山谷」作單位來計算，秦始皇特地賜封烏氏傑一個官銜，以獎勵他的成就和貢獻呢！

東周時有些人靠養馬維生，在累積了多年的經驗後，對辨別馬匹的好壞有獨到的眼光，因而受到君王的重用。秦穆公時，養馬的伯樂和九方皋，都因爲能分辨馬匹的優劣而被秦穆公以重金禮聘到朝廷裡，專門替皇帝物色千里馬。

漢朝時的東門京、子輿、儀長孺、丁君都、楊子阿等人，也都因爲擅長分辨馬匹的優劣而備受朝廷禮遇，靠此末技一輩子不愁衣食。

會養馬、相馬的人可以藉此名利雙收，一輩子吃喝不盡，會養鷄的人更神氣了，不但名利雙收，還大富大貴呢！

唐朝時君臣上下都喜歡鬥鷄，懂得養鷄之道、會訓練兇猛的鬥鷄的人，就成了豪門權貴爭相禮聘的對象。唐玄宗時，有個十二歲的小孩，名叫賈昌，他不喜歡讀書，卻對養鷄、訓練鬥鷄特別有研究。唐玄宗是個鬥鷄迷，在皇宮附近專門設立了養鷄場，選購了幾千隻凶猛善鬥的雄鷄養在裡頭，由五百個少年專門負責餵養這些鬥鷄。玄宗知道賈昌擅長訓練鬥鷄之後，特封賈昌爲鷄坊五百小兒長，請他到鬥鷄場來指導養鷄、訓練鬥鷄，又一再賞賜許多金銀財寶給賈昌的家人。

開元十三年，唐玄宗到東嶽泰山舉行封禪大典，特命十二歲的賈昌帶著三百隻雄鷄隨行。大夥兒來到泰山下時，跟著來照料兒子賈昌的賈忠忽然得急病死了。皇帝特頒聖旨讓賈昌送父親的靈柩回長安歸葬，並特令沿途的縣官派人護送，這在當時眞是榮耀無比。天下的人都稱賈昌爲「神鷄童」，羨慕他靠馴養鬥鷄而光宗耀祖，享盡富貴榮華，民間還唱著這樣的歌謠說：

生兒不用識文字，
鬥雞走馬勝讀書。
賈家小兒年十三，
富貴榮華代不如。
能令金距期勝負，
白羅繡衫隨軟輿；
父死長安千里外，

差夫持道挽喪車。

懂得養牲畜家禽，居然也能大富大貴，叫天下人都羨慕萬分呢！

什麼都不喜歡，跟著師傅學個手藝，一樣可以出人頭地，備受世人之敬重。

製墨的工匠也許很多人都瞧不起，可是在五代十國的時候，易水有個名叫奚超的墨匠，他看到安徽歙州的黟山及羅門山附近古松甚多，宜於燒煙製墨，便舉族渡過長江移居歙州，以製墨爲業。奚超和他長子奚廷珪製造出許多好墨，獻給南唐的李後主。李後主見奚家墨黑如漆，堅如玉，質地細緻，寫幾十幅字只須磨一、二分，而且墨的磨口鋒利得可以割紙，便重賞奚氏父子，還賜國姓給他們，從此人們叫他們父子爲李超和李廷珪了。到了宋朝時，李廷珪的墨已貴重到一斤黃金才能換一兩的李墨，買的人還大嘆好運，說「千金易得，李墨難求」呢！元朝時也有個名叫朱萬初的墨匠，因爲用三百年的古松燒煙製墨，製出的墨「沉著而無留跡，輕清而有餘潤」，受到元明宗的激賞，特以厚祿聘他到藝文館替朝廷製墨哩！你說當墨匠好不好呢？

捏泥的工匠也許很多人都瞧不起，可是明朝武宗正德年間，江蘇宜興有個捏泥巴燒紫砂壺的工匠名叫龔春，他專燒小茶壺爲業，因爲燒的茶壺質樸古雅，受到人們的喜愛，特稱之爲「供春壺」；供春壺在當時就非常名貴了，大家都說「供春之壺，勝於金玉」。龔春的徒弟時大彬、陳鳴遠也是燒製紫砂壺的高手，靠精湛的技術享譽於世。到了清朝初年，還有陳曼生、楊彭年等人，也都靠製壺而名揚千古，他們任何一人所製的紫砂小茶壺，在當時就極爲昂貴，如今更是價値千萬，你說當陶匠好不好呢？

雕刻的工匠也許很多人都瞧不起，可是在明朝末年的時候，南京有個刻竹的工匠名叫濮仲謙，他善於挑選竹材，再按照竹材的形狀用刻刀簡潔的勾勒幾刀，淺雕出山水樓閣、人物走獸、花鳥草蟲，無不栩栩如生，巧奪天工，大家都爭相搶購。濮仲謙名聲遠播，所到之處都備受人們敬重，他寸許高的一件竹雕作品要賣好幾兩銀子，夠一個四口之家吃喝好幾個月。此外，明朝末年時江蘇嘉定有朱鶴（松鄰）、朱纓（小松）、朱稚征（三松）祖孫三代都以雕竹為業，刀法採深刻的方式，使人物樹石都有立體的感覺，也備受世人的喜愛，不惜以重金購藏，至今外雙溪故宮博物院裡，還珍藏著朱三松的竹雕筆筒呢！那個讀書人的作品能有此殊榮呢？

除了雕竹外，晚明蘇州還有雕玉的匠人陸子岡、雕犀角的匠人鮑天成、雕象牙的匠人王百戶、朱滸崖、朱龍川、方古林等，全都因專攻雕刻之技而垂名千古。

不管學什麼，只要有興趣加上有恆心，一直努力下去，一定可以成為那一行的佼佼者，不但名利雙收而且還名垂千古。做剪刀的張小泉、王麻子，做扇子的馬勳、荷、葉李，做金銀器的朱碧山，做琴的張寄修，做三弦子的范崑白，做梳子的趙良璧，做漆器的楊塤、張成、張德剛、黃成、包亮……，不都是很好的例子嗎？多少讀書人不快樂的過一輩子，沒沒無聞的死掉，誰也不記得他們，比起來，誰才沒有白白走一遭人世呢？

眞是三百六十行，行行出狀元哪！

（民國八十三年二月十四日中華日報）

缺德的行業

唐朝大畫家吳道子，曾在長安景福寺的牆壁上，畫了一幅「地獄變相圖」，由於他的繪畫技巧高超、形象生動逼眞，把陰間十殿的上刀山、下油鍋、剖腹切肝、挖眼割舌……種種酷刑都描繪得彷彿目前，讓人看了冷汗直流、毛髮倒豎，嚇得長安城裡的屠夫都紛紛改行，再也不敢屠殺生靈了，以免死後下地獄，遭受那樣可怕的刑罰。

這個故事的重點並不是在說屠夫這一行如何傷天害理，只不過要表彰吳道子的畫技如何高明罷了。事實上，在古代中國人的心目中，還有許多行業才眞是缺德，民初時有句流行的諺語說：「車、船、店、腳、牙，沒罪也該殺。」說車夫、船夫、客店、腳夫、牙人，這五種行業裡充斥著爲非作歹、喪盡天良之輩，所以幹這些行業的人，就算法律抓不到他們犯罪的證據，隨便抓來殺了也絕不會冤枉他們。

清朝乾隆年間旗人文康在《兒女英雄傳》第三回裡早就說過：「一世上最難纏

的無過車船店腳牙。」可見這五種行業之惹人嫌惡，至少已有三、四百年的悠久歷史。而他們令人憎惡的程度居然超過了強盜土匪、小偷、騙子、訟師、淫媒、人口販子和地痞流氓，就更讓人感到好奇和訝異了。

古時候開旅店是個缺德的行業，因爲經常有些旅店幹謀財害命的勾當，把客人做掉，這種旅店稱爲「黑店」。《水滸傳》第二十六回裡就說：張青、孫二娘夫婦在孟州道十字坡開旅店，將蒙汗藥摻在酒裡，把客人醉倒了，抬到後屋去，切成一大塊一大塊當作黃牛肉賣，零碎的肉就剁成餡兒包包子，客人的財物則全部中飽私囊。這樣的例子多得不勝枚舉，所以古人憎惡開旅店的店主。

古時候的船夫也經常幹傷天害理的勾當，他們把搭船的客人載到江心後，趁四下無人之際，就把船客殺了，扔進江中餵魚，一點不留痕跡，再把客人的財物吞沒。《水滸傳》裡，混江龍李俊、出洞蛟童威、翻江蜃童猛這三名船夫就專把客人載到江心後，問他們要吃「板刀麵」還是「餛飩」？要吃「板刀麵」就三、五刀剁死，要吃「餛飩」就剝光了衣褲扔入江心淹死，再沒收客人的財物。

古時的車夫（包括轎夫）多半爲混幫的流氓，也對乘客下手，幹謀財害命的勾當，或欺凌拐騙單身的女乘客。在明人凌濛初《拍案驚奇》卷二十七〈顧阿秀喜捨檀那物　崔俊臣巧會芙蓉屏〉裡，就說汴梁王姓官人到杭州作官，嫌租的房子小，又去大街上看了一所宅子，要把家搬過去。結果王某把東西搬到新房，雇轎來載夫人時，卻先有轎夫來接，把王夫人拐騙而去，賣到大官家作妾。此外，還有轎夫充當淫媒，載年輕小夥子到大官家與失寵之妾婦苟且偷歡，稱爲「坐黑車」，這類的事情也經常發生，在古書中常見記載。

腳夫指以人力或畜力幫忙搬運貨物、挑抬行李之輩，他們常會欺侮生客，多方需索。前引清人文康《兒女英雄傳》裡，就說有兩個騾夫一個姓苟、一個姓郎，欺侮雇主安公子，又支腳錢、又討酒錢，還計畫天晚時走到崗上頭，把少不更事的安公子誆下騾背，推入深澗中，將行李銀子吞沒，還好結果被女俠十三妹張金鳳識破，救了一命。

牙人指居中介紹買賣爲業之人，他們所涉及的買賣範圍很廣，從日用品、房地產、牛馬牲畜，甚至拉皮條、人口買賣（奴婢侍妾）都要插手，昧著良心兩頭賺錢，所以引起人們的憎惡不滿。

車、船、店、腳、牙這五種行業雖然在今天依舊存在，而且有少數行業仍無法擺脫人們對它的傳統惡劣印象，但是大多已憑正派經營而贏得世人的尊敬與讚譽，但是今天又有新的五種令人憎惡的缺德行業出現，那就是販毒、開賭場、販賣人口、神棍和汽機車違規拖吊公司。這五種行業有的是合法的，有的是非法的，有的介於合法與非法之間，然而爲害百姓之慘、荼毒社會之烈、激起民怨之深，卻都是一樣的，並且是有目共睹、毫無爭議的。

相信您也贊同我上述的結論吧。

（民國八十六年六月十二日中華副刊）

財迷

中國人大概是世界上最貪財的民族了，並且從不忌諱或掩飾自己的財迷心竅。

往昔讀《史記》，頗爲太史公司馬遷獨具慧眼，爲遊俠、酷吏、佞幸、滑稽者立傳，卻不及於財迷而深以爲憾。今天特別介紹中國歷史上的幾位大財迷，以供有志發財之讀者諸君參考效法。

西晉時「竹林七賢」之一的王戎，大概是歷史上第一個最知名的財迷吧。

王戎家極有錢，又是政壇名人，可說是洛陽之大富，他每晚都要和夫人坐在燭光下，用籌碼算錢，算到深夜還不能休息。

王戎家有棵李樹，結的李子又大、又甜、又多汁，每年初夏李子成熟了，王戎要賣李子賺錢，又怕別人買了好李拿回去種，就把每顆李子的核都挖掉了，才賣給別人。

王戎的侄兒結婚，王戎只送了一件單衣作賀禮，就全家去大吃大喝了一頓；等結婚過後，王戎卻又把那件單衣要了回來。

王戎的女兒嫁給裴頠，小兩口向王戎借了數萬錢辦喜事。女兒嫁到裴家後，每次回娘家，王戎都擺著一副臭臉，直到有一天女兒把錢還淸了，王戎才笑逐顏開。

南北朝時，北魏陳留侯李崇官拜尙書令、儀同三司，家有僮僕千人，富可敵國，卻財迷心竅、節儉成性，每餐都捨不得吃肉，只吃酸韭菜、炒韭菜芽下飯。

有一回，李元佑到李崇家作客，出來後對別人說：「李令公家一餐十八道菜。」

衆人都露出欣羨之色。

李元佑說：「一盤酸韭菜、一盤炒韭芽、二韭一十八。」

李崇以爲他這樣過日子就很闊綽了，有一天他到高陽王元雍家作客，見餐桌上山珍海味、羅列環丈，不禁咋舌說：「高陽一食，敵我千日。」

李崇那樣節省，難怪會發財。

北齊有個財迷叫庫狄伏連，家中百餘口，每人每天只給米二升，不給鹽菜，人人面有飢色；老婆生病了，花了一百錢買藥，他心痛不已，念了又念。

有一年冬至，親戚上門賀節，他妻子以豆餅待客。庫狄伏連大吃一驚，問豆從何來？他妻子回答說：「從餵馬的豆子中扣撥出一些來的。」庫狄伏連大怒，用大棍狠狠打了馬夫一頓。庫狄伏連死時，只穿一條破褲子，而庫房中積貯的絹竟多達二萬匹，最後全被充公，沒入官府。

五代後漢隱帝時，吏部侍郎張允家財萬貫，可是他省吃儉用，捨不得花，又怕別人偷他的東西，就把所有的庫房的鑰匙全繫在腰間，連妻子兒女也不讓他們保管，走起路來叮噹作響，好像女人家佩帶玉環一樣。

後來後周太祖郭威領兵攻入京城，張允躲在佛殿中的天花板上，結果因爲身上鑰匙太重，把天花板壓垮了，從屋頂跌了下來。士兵們一擁而上，搶了他身上值錢的衣服而去，受重傷的張允就活活凍死了。

元朝趙孟頫的字畫都很有名，卻不輕易動筆，除非別人送錢送米他才肯畫。

有一天，兩個信奉白蓮教的道士登門求字。看門的報告趙孟頫說：「兩位居士在門前求見相公。」

趙孟頫聽了，生氣地說：「甚麼居士？是香山居士還是東坡居士？隨便吃幾天素就以居士自稱嗎？」

趙孟頫的妻子管道昇從內室走出來勸說：「相公不要這樣毛躁，說不定人家有錢呢！」

趙孟頫還是滿臉的不高興，勉強示意門房把客人帶進來。兩位道士走進屋，拜見完畢，便從衣袖裡拿出十錠銀子放在桌上，請趙孟頫爲他們新蓋好的道觀寫一篇落成紀念文。

趙孟頫見錢眼開，立刻滿臉堆笑，大聲吩咐家僕說：「快拿茶來請居士吃。」隨即鋪紙濡毫，立刻爲道士執筆撰文。

明朝時蘇州有個大富翁叫歸廉泉，他雖然很有錢，卻捨不得花。歸家每年夏天，門前總擺著一大盆水，等太陽把水曬熱了好洗澡，就可以省下柴火錢了。歸廉泉喜歡吃醋，他私藏了一小瓶醋自用，誰也不准碰，等醋吃光了，他一定把醋瓶倒過來，在手掌上倒了又倒，用嘴去吮餘瀝。

有一天，歸廉泉的親家翁自城外來，坐談良久，眼看已至用飯時間，歸廉泉著急地一再暗示時候已不早了，可是親家翁就是不告辭。歸廉泉沒辦法，只好從懷中摸出一方巾帕，打開來，拿了五個銅板，要僕人去燒臘店買點肉片。僕人把肉片買回來了，家中沒有醬，歸某只好又從懷中取出錢包，拿了一個銅板，要僕人去買醬；等醬買回來，歸廉泉說醬不好，要僕人去退。僕人把醬去退了，歸某把那個銅板收藏好，又問醬碟子呢？等僕人把醬碟子取來，歸廉泉對親家翁說：「碟子上還有些醬，夠沾肉了，咱們這就開飯吧。」

看看別人，想想自己，你就知道自己爲什麼無法名列財迷金榜、爲什麼不會發財了吧。

（民國八十六年三月七日中國時報）

作官的訣竅

最近聽到一則流行於軍中的作官訣說：「沒有知識也要有常識，沒有常識就應該看電視，不看電視就應該聽人家指示，如果沒有人指示的話，就當作沒那回事。」

那樣長的順口溜其實也可以只用四個字來概括，那就是「見風轉舵」，因爲順風則事半功倍、逆風則事倍功半。不知道風向嗎？要運用知識去了解，沒有知識的人也要憑常識判斷，不然就要多看電視，從電視新聞中的「氣象報告」去掌握風向，一切都不濟時，最省力氣的辦法是聽上級的指示，當然，如果上級沒指示的話，就當作沒那回事而可以隨心所欲、胡作非爲了。

那樣混也可以在官場幹得有聲有色、直上青雲嗎？其實就是如此。君不聞時下流行的另一則作官訣嗎？「苦幹實幹，撤職查辦；東摸西混，一帆風順。」這兩句話絕不是開玩笑的順口溜，相信許多人在自己的周遭都可以遇見活生生的實例。

也許有讀者要問：「苦幹實幹，怎麼還會遭撤職查辦？東摸西混，又怎會一帆風順呢？」這裡頭的學問可大了呢！如果苦幹實幹而不知風向，不但吃力不討好，逆風使篙，還有可能把船弄翻，船主看不順眼，當然得把篙夫開革了；東摸西混雖然表面上喝茶看報、遲到早退，可是「鴨子划水，暗中使力」，拍馬屁的功夫可一點也省不得呢！此所以能一帆風順的道理所在。

海峽兩岸都是中國人，大陸彼岸最近流行的「作官訣」也不遑多讓。比方說：「對長官甜言蜜語，對媒體豪言壯語；對外賓花言巧語，對群衆謊言假語；對同事流言蜚語，對下屬狂言惡語；對情婦溫言細語，對自己胡言亂語。」

又如：「凡事糊塗凡事推，凡是文件畫個圈，凡是工作不沾邊。」

又如：「總結工作用加法，接受任務用減法，匯報成績用乘法，遇到困難用除法。」

又如：「決心在嘴上，措施在紙上，行動在會上，問題在心上。」

又如：「上級面前千萬克制，同事面前不妨放肆；美女面前大膽行事，老婆面前低三下四。」都把官僚的醜陋嘴臉刻畫得唯妙唯肖、入木三分。

中國人之有官場，歷史已超過三千年，在這三千多年裡，當然也曾流行過一些教人如何作官的口訣，絕不止於上面我所提到的那幾則流行於當今官場的順口溜而已。語云「溫故而知新」，把古代的作官訣作一番介紹，對有志於官場的袞袞諸公或者也不無助益吧。

清朝時北京官場流行的作官訣是「小官大做，熱官冷做，俗官雅做，閒官忙做。」「小官大做」指明明職位低、權責小，卻要大事小事都「摻一腳」，整天在老闆面前轉，好像全公司的事情都由你包了，你一天不在，公司就會應聲而倒一樣；「熱官冷做」指官位已高得有些不勝寒時，不要再積極打拚、事必躬親，不妨時時喝花酒、常常打小牌，否則總經理一定暗自猜疑，這傢伙已幹到副總之位了，還這樣賣力，難道想把我擠走，自己當總經理嗎？「俗官雅做」指明明一身銅臭、面目可憎，卻要故作有氣質狀，在辦公室裡吆喝一聲：「走，咱們今天中午一起去歷史博物館看黃金印象大展。」或「今晚中正紀念堂的國家音樂廳有一場高水準的鋼琴獨奏，值得一聽哦！」「閒官忙做」指自己明明沒有什麼工作，只是掛名的閒差事，卻要忙裡忙外、忙進忙出，好像你在公司裡是不可或缺的角色。

如果您嫌上面的四句口訣不容易做到，沒關係，我再教您四句清人的作官訣，那就是「時候耐得，銀錢捨得，閒氣吃得，臉皮沒得。」

「時候耐得」指機會還沒來時要有耐心等，不要嫌目前的官位小、沒啥意思就「老子不幹了」。「銀錢捨得」指不要怕花錢送禮，對所有的長官在每一個應該送禮的時節都一定要把禮送到，而且是送加倍厚重的禮，這事情像把錢放進銀行裡定存一樣，時候到了一定收得回來，而且還有利息。「閒氣吃得」指不要在意上級的責罵、同事的譏諷，上級是看得起你才罵你，要開除的人他才懶得罵哩！同事是嫉妒才諷你，他想拍馬送禮還不得其門而入哩！「臉皮沒得」指做任何事情都得不要臉。人家莫名其妙地罵你，你受了冤屈不但不申辯反駁，還笑容盈面、滿臉感激，當然是不要臉；人家白天在會議上當眾K你，你晚上還拎了兩瓶洋酒到他家去登門道謝，當然是不要臉；可是，這又有什麼關係呢？這年頭，那個作官的還能要臉呢？又要臉、又要官，就像又要守貞、又要賣淫一樣的荒謬。否則，國父怎麼會教人「立志做大事，不要作大官」呢？

如果您嫌上面的四句順口溜不大容易做到，我再教你清朝時一位三朝元老的作官訣，只有兩句：「少說話，多磕頭。」何等精闢扼要、簡單明瞭。如果再學不會的話，我看您也甭在官場裡混了，還是學我早早退休算了吧！

（民國八十八年七月十七日）

人人都想作皇帝

人人都想作皇帝，這種情形不始於今日今人，古時候早已有之。

一般而言，古代中國只有在兩種情況下能當皇帝，一種是用搶的、一種是用接的。

搶的又可細分文、武二途，像秦朝末年劉邦跟項羽逐鹿中原，劉邦搶贏了，作了漢高祖，這是武搶；五代十國時，八十萬禁軍總指揮殿前都點檢趙匡胤逼七歲的北周恭帝柴宗訓讓位，自己作了北宋太祖，這是文搶。

接的就是爸爸作了皇帝，爸爸翹辮子後，由兒子接著作皇帝。

接的也分文接和武接。文接是先帝指定的皇位繼承人，到時候順理成章地接棒，如漢惠帝接漢高祖的位子、漢文帝接漢惠帝的位子；武接是想作皇帝的第三者硬把法定的皇位繼承人擠掉，自己接著作皇帝，如晉王楊廣把太子楊勇擠走，自己當了隋煬帝；又如秦王李世民發動玄武門之變，用箭射死自己的哥哥太子李建成，當了唐太宗。

不管是搶的、接的、文的、武的，一旦作了皇帝，那可就爽了。吃的是山珍海味、穿的是龍袍旒冠、玩的是天下美女（而且數目不限），出門時儀衛簇擁，坐朝時一呼千諾，人生到了這個境界，大概只有一個遺憾——不能長生不老了。

因爲當皇帝實在太爽，所以有許多人拚著把腦袋送上，拚著滿門抄斬、誅夷三族，也要造反搶皇帝的位子。

五胡十六國時，有個想做皇帝的老百姓叫王始，鼓動了一批愚民到泰山上，自稱太平皇帝，封他的父親爲太上皇、哥哥爲征東將軍、弟弟爲征西將軍、老婆爲皇后；民衆只要納米一石或肉十斤，就可得到一個官銜。如果獻上十匹絹，就可以封侯封爵。王始正在挑選宰相之際，占有青、兗兩州（今山東、河南一帶）的南燕獻武帝慕容德派大將慕容鎮率軍征討，衆人一哄而散，王始夫婦被活捉了。

王始夫妻被押往刑場砍頭時，有人問他父親和哥哥的下落，他說：「太上皇蒙塵於外，征東、征西將軍爲亂兵所害，惟朕一身獨無聊賴。」

王始的老婆怒責丈夫說：「都是你一張嘴到處亂說，才落得今日下場。」

王始對妻子說：「皇后，自古豈有不亡之國哉？」他是到死還在作他的皇帝夢。

明朝成祖永樂年間，山東臨邑有個生員叫紀綱，以善於騎射拍馬而官至錦衣衛指揮使，也就是皇家親軍的總指揮。紀綱利用職權搶奪富商和官吏的財產，誅殺效忠建文帝的忠臣家屬，抄收已故晉王、吳王的家產，侵呑無數的金銀珠寶，得到王冠、王服後，自己在家穿戴起來，高坐筵席之上，命優童奏樂奉酒，高呼萬歲。

光是關起門來作皇帝還不過癮，紀綱野心愈來愈大，就開始蓄養武士，私自打造了幾萬副的刀甲弓弩，打算將明成祖朱棣幹掉，自己作皇帝。

可惜事跡不密，永樂十四年，紀綱的陰謀奪權被仇家舉發，結果紀綱被捕，押赴鬧市支解了事。

清朝乾隆皇帝的寵臣和珅也想當皇帝。

和珅因為乾隆帝的垂青而由一介鑾儀衛的御轎轎夫，升為御前大臣，乾隆帝還把自己最鍾愛的么女和孝公主下嫁給和珅的兒子豐紳殷德，彼此結為親家。

和珅有了如此靠山，變得驕橫跋扈起來，拚命貪贓枉法、收受賄賂，有時更直接進入大內庫房，盜取他中意之寶物。

和珅看上了皇帝坐轎時掛在胸前的一串正珠，將它偷回家去，那是皇帝專用的珠串。和珅白天不敢掛用，到了晚上，和珅把門窗關好，燈前悄悄取出，獨自懸掛在胸前，顧鏡徘徊，對鏡談笑，光是扮皇帝就舒服到毛孔裡去了，眞是痴態可掬。可惜乾隆帝在位時，和珅只敢偶爾作作皇帝夢，乾隆帝駕崩後，嘉慶帝就先下手為強，把和珅賜死、財產充公。

最好笑的是明武宗時的劉瑾。他起初只是個打鐘報時的小太監，後來得到皇帝信任，成為御前紅人，漸漸竊弄權柄、貪贓收賄，賣官鬻爵、誅除異己。

明武宗沒有兒子，劉瑾的同黨張綵請劉瑾替皇上選一個幼弱的當太子，以便日後控制而長保富貴。劉瑾想了想，回說：「何必去選立別人呢？我自立，不是更好嗎？」劉瑾從此私備軍械，並在扇中暗藏小刀出入宮禁，伺機下手刺殺皇帝。

後來同黨張永告密，武宗才明白事態嚴重，下令禁軍將劉瑾逮捕，還在他家中搜出盔甲三千件、弓弩五百張、甲衣千餘套和皇帝專用的平天冠一頂，於是將想作皇帝的劉瑾凌遲處死。

從古到今，有獨眼而作皇帝的、有白痴而作皇帝的，唯獨沒有割掉「那話兒」還能作皇帝的——後宮那麼多美女，怎麼對付？劉瑾也太不自量力了，眞是羞死人、笑死人。

（民國八十六年五月二十日中國時報）

英雄前世皆畜牲

許多相書上都一再強調：凡是面貌長得像畜生的人，日後必然是尊貴不凡的英雄豪傑，這些人上一輩子是畜生，轉世投胎來到人間，還經常在喝醉之後、入睡之時或倉卒急迫之際現出原形呢。

這種論調由來以久，東漢人郭泰在《相法》中提到「獸形多富，禽形多貴」。唐人孟郊詩云：「古人形似獸，皆有大聖德。」明人謝在杭的《五雜俎》卷九說：「相人之書，凡人得鳥獸之一形者，皆貴。」明人郎瑛《七修續稿》卷三〈人形〉則認爲「相家以人如某物之形爲貴」。

我在多年前就注意到古書中這種別致的說法，閱讀稗官野史、筆記小說時，特別留心這方面的資料，果然找到了許多有趣的佐證。

據元人羅貫中《三國演義》的記載，三國時代蜀國大將張飛乃是大鵬金翅鳥投胎的。書上說張飛曾與馬超在葭萌關大戰了三天三夜，不分勝負，馬超無法在馬背上擒捉張飛，就詐敗而逃，引張飛追來時，取出軟繩所繫之飛爪，回身朝張飛頭頂擲去。這飛爪乃是馬超的家傳絕技，當年他的高祖馬援就是靠這飛爪幫助漢光武帝劉秀討平天下，能在百步之內取敵人首級，有如探囊取物一般容易，馬超對此家傳絕技更極爲嫻熟。

張飛突見飛爪自空直下，猝不及避，嚇得大叫一聲，舉起蛇矛往頭頂上擋。馬超回頭一看，只見張飛頭頂上黑氣沖天，黑氣中有一隻大鵬鳥用翅膀把飛爪撲落，他大吃一驚，連飛爪都來不及收就落荒而逃。原來張飛在急迫之際現出了元神。

五代後梁太祖朱溫相傳是一條赤蛇變的。朱溫是宋州碭山人，父親朱誠是個鄉村的塾師，生了三個兒子，朱溫排行老三。朱誠早死，母親王氏迫於生計，帶著三個兒子到蕭縣富翁劉崇家幫傭度日。朱溫頑劣無賴，經常惹是生非，大家都瞧不起他，只有劉崇的母親護著朱溫，對家人說：「朱三不是普通人，你們要好好對待他。」

家人問爲什麼？劉母說：「我有次看見朱溫在熟睡後，化爲一條赤蛇。」

大家都不信劉母的話。後來朱溫跟黃巢造反，終於滅唐稱帝，下開五代之局。

南宋初年的抗金名將韓世忠，據說也是蛇精轉世，因爲據清人洪瑩輯集的《宋名臣言行錄》，說他「與將吏騎馬出郊，喜坐於淺草間」、「語急而聲厲，每言則吐舌，或謂是蛇精」。

「每言則吐舌」這個特徵，讓我想起了當代的攝影家梁正居，他的眼神也很特殊，給人留下深刻的印象。

清朝中葉平定太平天國之亂的中興名將曾國藩，據說是巨蟒投胎轉世。民初人柴小梵《梵天廬叢錄》卷四說，曾國藩天生怕鷄毛，遇到插著鷄羽的公文，都不敢親手拆封。某年他到上海閱兵，上海縣令事先妥爲布置安排，隨從先抵上海，見準備的座椅後插了一根鷄毛撣子，立刻叫人拿走，說曾公討厭見這個東西。別人都不明白曾國藩爲何怕鷄毛，後來還是曾國藩的親家公解開了謎底。原來曾國藩母親在臨盆前夕，夢見一條巨蟒蟠曲樑間，立刻嚇醒過來，不久就生下曾國藩。曾國藩全身都是癬斑，好像蟒蛇的鱗甲一樣，每天睡覺起來，床上一定落滿了癬屑，好像巨蛇蛻皮一般。曾國藩喜歡吃鷄肉，卻最怕鷄毛，因爲蟒蛇一聞到燃燒鷄毛的氣味，立刻就會氣悶而死。

後來曾國藩卒於兩江總督任所，臨終那天傍晚，秦淮河畔有許多居民還看到一條巨蟒往北方衝去，一閃即逝呢。

南宋初年的抗金名將岳飛據說是豬精化身，後來才難逃一刀之斬。

據宋人洪邁《夷堅志》一書說，岳飛年輕時曾在相州擔任一個小隊長的職位，負責巡遊街市、維持治安。

相州街上有個姓舒的老頭兒，擺攤子替人相命，每次岳飛經過，舒老頭兒都會熱忱地烹茶招待。有一回，舒老頭兒悄悄對岳飛說：「你是豬精投胎轉世的，精靈下凡到人間來，必定會有一番功業事蹟，你當然也不例外，將來的前程定然十分遠大。但是豬這種畜生，命中註定沒有好下場，終究要被人屠宰。你如果將來得志了，有了功名之後，最好早些退休，不要戀棧不去啊。」

岳飛聽了，不以爲然地笑了笑，心想自己不過是一名小兵，這算命的那能看這麼遠？一定是胡說八道。

後來岳飛屢建戰功、大敗金兵，升到了大元帥之職位，正欲直搗黃龍、迎回被金人擄走的徽、欽二帝，卻被宰相秦檜以十二道金牌召回臨安（杭州），並將他逮捕下獄，由獄吏周三畏拷問，逼他承認謀反之罪。岳飛雖遭酷刑，卻不肯誣服叛國。一天晚上月色微明，周三畏自外頭來到監獄，忽然看到前面古樹下有一隻野獸，長得像豬、頭上卻有角。周三畏嚇了一跳，往後退躲，見怪物慢慢前行，走到監獄旁的小祠廟裡，消失了踪影。

過了幾天晚上，月色大明，周三畏又在去監獄的路上見到那隻豬怪，頭上還貼了一張紙，紙上有個「發」字，豬怪又一閃便鑽進祠廟裡。「發」是指「發放轉生」嗎？不久，岳飛就被害死於臨安大理寺的風波亭，死時才三十九歲。

相州的舒老頭兒算得眞準，在今天，你我仍可看到岳飛的畫像，岳飛的長相是不是眞的有點像豬呢？

歷史上有兩位民族英雄與台灣的關係很密切，一位是趕走荷蘭人、收復台灣的鄭成功，一位是中日甲午戰後、領導台灣軍民抵禦日軍的劉永福。巧的是在傳說之中，他們二位也都是畜牲轉世投胎的不凡英傑，鄭成功是大鯨轉世、劉永福則是黑虎轉世。

關於鄭成功是鯨魚轉世投胎的傳說，見載於晚清時日人片岡巖所著《臺灣風俗誌》第八集〈台灣人對自然現象的觀念及迷信〉中，在此章〈鯨魚〉條中，片岡巖如此記載：「台灣人相信鄭成功是鯨的化身。因為他興兵時，猶如鯨破怒濤，有戰必勝，有攻必敗。相傳當時有一個和尚曾夢見一位騎大鯨的冠帶大官由鹿耳門來，不久鄭成功果然引兵到台灣將荷蘭人趕走。」書上又說：「有人夢見一位官員乘大鯨到海上去，不久鄭成功逝世。」

劉永福是清朝中末葉時在越南北部屢敗法軍的名將，相傳他是黑虎精投胎轉世的，所以他的軍隊號稱「黑旗軍」，黑色的軍旗上繡畫著一隻猛虎。

中日甲午戰後，清廷將台灣割讓給日本，劉永福既悲且憤，率軍來台，堅守台南以抗日軍，當時在上海刊印的《點石齋畫報》還有一則〈將星誌異〉，說劉永福之驍勇其來有自，因爲他是《封神演義》中助聞太師對抗姜子牙的趙公明的座騎黑虎投胎轉世。

歷史上還有許多名人是低等生物投胎轉世，他們的靈異事蹟也頗爲有趣。

像五代十國時，吳越太祖武肅王錢鏐相傳是一隻大蜥蜴轉世投胎。宋人羅大經《鶴林玉露》一書中有一則神奇的故事，說一天夜晚，吳越王錢鏐的後宮中，有人看見一條巨大的蜥蜴，金睛閃耀，伏在油缸之上吸油，嚇得倉皇逃走。第二天一早，錢鏐告訴宮人說：「我昨夜三更夢見有人請我吃痲油膏，吃得肚子都撐了。」有人把昨夜遇見大蜥蜴偷吃油的怪事向錢鏐稟報，錢鏐只點了點頭，也沒有責怪那人「妖言惑衆」。

北宋徽宗時以善於揣摩皇帝旨意而見寵、後來官拜彰化軍節度使，最後歷官至太傅的太監楊戩，相傳是一隻金色的蛤蟆變的。清人潘之顒《宋稗類鈔》一書上說：楊戩當節度使時，衙署後面有一座樓，楊戩常屏退左右、獨處於樓上。

有一天，有個小偷在白天躲藏於樓上的梁間，看見地板上放著一個大浴盆，裡頭有隻金色的大蛤蟆，正興奮迅捷地在玩水，一轉眼之間就消失了，卻看見楊戩已躺在床上休息。小偷嚇得自梁間跌了下來，巨響驚醒了楊戩，楊戩扔了一個銀毬給小偷，像是賄囑他不要把這個秘密洩露出去，揮了揮手叫他走。等楊戩去任後，小偷才敢悄悄把此事告知別人。

北宋著名的大書法家蔡襄，據說也是巨大的白蛇精轉世。宋人范鎮《東齋記事》一書上說：蔡襄出任福州知州時，曾有好幾天因爲生病而沒去辦公。生病期間，每天晚上都作夢，夢見自己登臨鼓樓，趴在大鼓上睡覺。

福州通判責怪打鼓吏一連數日不打三更之鼓，打鼓吏說：「到了三更半夜時，有一條大白蛇盤踞在鼓上，我不敢靠近，沒法打三更之鼓。」後來蔡襄病好了，把夢見自己登鼓樓之事告訴通判，通判仔細推敲，發覺蔡知州生病的那幾天，打鼓吏正好在鼓樓上遇見大白蛇，大家便傳說蔡襄是蛇精轉世。

龍在中國是尊貴的靈獸，也是多種畜牲的集大成，因爲牠「角似鹿、頭似駝、眼似鬼、頸似蛇、腹似蜃、鱗似魚、爪似鷹、掌似虎、耳似牛」，據說古代中國也有許多人偏是這種「畜生中的畜生」轉世投胎。他們之中有的還扶搖直上，變成全天下最尊貴的皇帝呢。

漢武帝劉徹是漢景帝的第九個兒子，原本沒資格當皇帝的，當時景帝早已封長子劉榮爲太子了。可是據東漢班固《漢武帝內傳》說：劉徹的母親王夫人住在崇芳閣，她懷劉徹那晚，天際紅雲蔚起，有一條火紅的龍盤繞在樑柱間，久久才破空而去，所以劉徹是天上的赤龍投胎。後來景帝果眞廢了太子劉榮，改封膠東王劉徹爲太子，並在駕崩後讓他作了皇帝。赤龍投胎畢竟不同凡響，漢武帝劉徹果眞成了功業彪炳、威震異域的英主，使漢朝成爲中國歷史上頭一個最強盛的朝代。

也不是歷史上所有的皇帝都是龍的化身，也不是所有天龍轉世的人都能當皇帝，還得要看他是什麼龍呢。

唐玄宗時候的平盧節度使兼范陽、河東節度使安祿山，據說就是豬龍轉世投胎的怪傑，豬龍是怎樣的怪獸，今已難考，總之是龍與豬交配所生的雜種就對了。因爲有豬的血統，所以安祿山「腹大十圍」，是個出名的大胖子，胖到小腹的肉垂到膝蓋，每次換穿衣服時，都要左右之人一同把贅肉往上推舉，好讓他的乾兒子豬兒替他結褲腰帶，簡直就像本省人拜拜時的大豬公。

因爲安祿山也是龍的化身，所以他還是把唐玄宗趕走，在長安稱帝，建國號大燕，作了一年的皇帝；因爲安祿山也是豬的化身，所以最後仍難逃一刀之屠，被他的兒子安慶緒用大刀斫腹而死。

從這些古書中援例，並非爲了證明輪迴轉世之說是信而有徵的，但其「玄妙惑人」之處倒是讓我們對歷代英雄豪傑的身世有了漫畫式想像空間——如果大膽假定他們眞的是畜生轉世的，而且越是「畜生中的畜生」越能成大功立大業，那麼我們這些平凡小老百姓不禁要把眼光移到現在正響噹噹的大人物身上，經過想像力的對焦，這些叱咤於政、經界的「新英雄」和「摩登豪傑」，都奇妙地還原成某種異獸靈禽的形象了！

（民國八十三年十一月九日中時晚報）

不會說話的人

世上之人大體可分爲兩類：一種人會說話，另一種人不會說。除了啞巴外，不會說話又分兩種情形：一是口拙說錯話，心裡其實並沒有那個意思；另一種是心直口快，說出了得罪人的良心話。

唐人李肇《國史補》中有個「一天得罪三人」的故事。話說唐玄宗時，郗昂與尙書韋陟是好朋友，有一回裡，兩人私下議論本朝宰相誰最無恥。郗昂脫口說：「韋安石最無恥。」剛說完就覺得不對，因爲韋安石是韋陟的父親，嚇得他驚惶地騎馬跑走。

郗昂半路上遇見戶部郎中吉溫，吉溫問郗昂說：「你幹嘛如此倉皇地急走？」

郗昂回答說：「我剛才和韋尙書議論本朝宰相誰最無恥，我本來想說吉頊的，結果錯說成韋安石了。」話剛說完，郗昂又察覺到自己說錯話了，因爲吉頊是吉溫的叔父。郗昂趕快舉起馬鞭一抽，倉皇再逃。

郗昂一口氣跑到了宰相房琯家。房琯見他如此驚惶，便握著他的手，慰問他發生了什麼事倩？郗昂說：「我剛才和吉溫談本朝宰相誰最無恥，我本來想說房融的，結果卻錯說成吉瑱了。」郗昂才說完又察覺不對，想起房融是房琯的父親，慚愧得無地自容，趕快騎馬跑出去了。

郗昂在當時也是名人，卻在一天內連得罪三個大人物，令長安人士嘆爲觀止。

這個例子是口拙說錯話，心裡其實並沒有冒犯別人的意思。這樣不會說話的人畢竟少見，古代中國歷史上更多的是心直口快，說出老實話、眞心話，結果得罪別人的例子。

北宋大臣文彥博退休數年後，又於宋哲宗元祐初年出任平章軍國重事一職，這年文彥博已八十四歲了。正好學士鄭穆上書請求退休，給事中劉貢父問同僚說：「鄭穆今年多大歲數？」

同僚回答說：「七十三歲。」

劉貢父聽了，忍不住隨口說：「不要批准鄭穆退休，留著他陪伴那個八十四歲的。」

文彥博知道劉貢父的這番話以後，對劉恨之入骨。

南宋高宗紹興年間，名將岳飛、韓世忠等人屢挫金兵，岳飛進軍至朱仙鎮，離昔日北宋京城開封僅四十五里。可是高宗擔心徹底打敗金人後，父兄（徽、欽二帝）得還，自己的王位便會發生讓或不讓的問題，便命岳飛班師，將他下獄殺害，隨即在紹興十一年十一月與金人達成屈辱的和議。和議的重要條款包括：宋向金稱臣奉表，金冊宋主爲皇帝；宋每年進貢銀二十五萬兩、絹二十五萬匹給金；金主生辰及元旦日，宋遣使致賀。

消息傳出後，任職光祿卿的沈樞忍不住在朝廷上對站在身旁的同僚說：「官家（皇帝）好猷。」

宋高宗聽到了，立刻將沈樞貶謫到筠州（今江西高安縣）。

清朝初年，鼇拜奉命輔佐年幼的康熙皇帝，以兇狠陰險、手段殘酷而獨攬大權。當時有個姓張的富翁，爲人鄙俚不文、拙於言語，卻千方百計想作官，最後和鼇拜的堂弟結爲兒女親家，想藉此關係，得以求得一官半職。

張某對親家翁吐露心願後說：「算起來鼇拜也是我的親家，如蒙引見拜謁，實感榮幸萬分。」

親家翁對張某說：「見鼇拜不難，只怕你口拙說錯話，惹禍上身。」

張某說：「你教我該說些什麼，我牢記在心，就不會出差錯了。」

親家翁便教張某如何頌揚鼇拜的政績、如何寒暄應酬，還慎重其事地要他背誦一遍，而後才替他引見鼇拜，並向鼇拜說明張某的來意。

鼇拜接見張某時笑著說：「親家壯年有心從政、教化黎民，老夫與有榮焉。」

張某一緊張，面紅耳赤、汗如雨下，把事先背的詞全忘了，脫口就說：「久仰大人老奸巨猾，爲朝野所畏。」鼇拜一聽，氣得立刻起身拂袖而入。

這樣不會說話還想作官，眞是笑死人了。

（民國八十四年五月二十五日中時晚報）

高明的法官

自古以來，正邪之間就不斷地在鬥智鬥力，犯案的歹徒或故布疑陣、嫁禍於人，或計畫周密、不留痕跡，以期逍遙法外；審案的法官則詳研案情、仔細推敲，明查暗訪、多方蒐證，力求勿枉勿縱。作案的手法和破案的經過就好比一部曲折懸疑的推理劇一般，精彩刺激而耐人尋味。

古時候有許多高明的法官，他們憑著縝密的心思、過人的智慧偵破了許多重大難解的疑案；他們的聰明機智在千載以後猶令人激賞贊佩，這些幾無破綻的疑案也成了後人最佳的智力測驗考古題。以下按時代先後略舉數例，看看讀者、歹徒和法官們，究竟誰比誰更聰明。

西漢時，臨淮郡（今安徽盱眙縣西北）有個人持著一匹細絹到市場上去賣，半路上遇到下雨，便把細絹打開披在身上擋雨。

有個人從後面趕來，請求讓他也用細絹擋雨，賣絹的人答應了，兩人便一同頂著細絹走。

到了天晴要分手時，兩人卻爲這匹細絹互相爭吵起來，都說絹是自己的，扭扯著到了官府還是這樣說。

臨淮太守薛宣聽了兩人的供詞，問了半天，沒有一個人肯讓步，薛宣也無法判定誰講眞話、誰講謊話，就不耐煩地說：「一匹細絹不過值幾百文錢而已，那裡值得本官傷腦筋呢？爲這點小事到官府來告狀，簡直是找本官的麻煩。」隨即吩咐衙役將那匹細絹從中間剪斷，每人各給半匹，隨即把兩人趕出公堂。

兩人出了衙門後，薛宣立即派一個公差換上便服，跟在兩人身後，偷聽他們說些什麼。結果一人面有喜色、洋洋自得，另一人卻滿臉懊惱，大罵太守昏庸。公差回稟後，薛宣立即派人把他們叫回來，重新訊問那個面有喜色、洋洋自得的人，他這才承認自己一時貪心想誣賴得到那匹細絹。

這一招就是三十六計裡的「欲擒故縱」，中外智者都曾利用得者、失者自然的心理反應，來找出誰才是爭執之物的眞正主人。所羅門王遇兩婦人爭一子，以殺子均分爲幌子，看誰不捨而放棄，來找出孩子眞正的母親；中國明朝時揚州知州王恕遇二人爭牛訴訟，以將牛隻充公爲幌子，把兩人趕出，結果一人默然、一人喧爭不已，從而知道誰才是眞正的牛主，用的都是相同的伎倆。

東晉時候，河北省冀縣發生過一樁搶案。有個老太婆在黃昏時回家，路上遇到一個歹徒，歹徒從後面搶了她的錢包就跑。老太婆大喊捉賊，有個路人聽到了，就見義勇爲去追歹徒。路人追上逃跑的歹徒後，雙方扭打成一團，老太婆的錢包也掉落在地上。等巡邏的士兵趕來時，雙方都指對方是搶錢的歹徒、自己是抓賊的路人。而被搶的老太婆則因事出突然又兼天色已暗，根本沒攪清誰搶她的錢。士兵們沒辦去，只好把兩人一起帶回衙門去，交給上司處理。

如果你是法官，你想出分辨路人和歹徒的辦法了嗎？

當時的冀州牧是苻融，也就是前秦王苻堅最小的弟弟。他接到這個案子後，笑著說：「誰是賊人、誰是路人，很容易分辨嘛！」

他對大廳下的兩人說：「你們一起從這裡跑到鳳陽門去，比賽誰先跑到鳳陽門。」

跑完後，兩人被士兵押回來，苻融對跑輸的那個人說：「你搶了老太太的錢，還要誣賴別人嗎？」歹徒就低頭罪了。

原來當初如果歹徒跑得比路人快，就不會被路人趕上抓住了，兩人之中跑得慢的那個人一定是賊。

唐朝時，河南省河陽縣有個旅客，綁在客棧前的一匹驢子，因爲韁繩朽斷而走失了，找了三天也沒找到，便上衙門去報案。

河陽縣掌管軍事、捕盜等事的縣尉張文成（著名的香艷小說《游仙窟》的作者）接到案子後，派幹員四出尋訪，追查得很急。拾獲匿藏驢子的人看見風聲太緊，擔心被查到，就在夜晚時把驢子放了。驢子認得路，自己又走回到那家旅店前。

旅客找回了失驢仍然很生氣，因爲繫在驢背上的一副皮鞍韉不見了，被偷驢的人解了下來據爲己有，那副鞍韉也要值好幾兩銀子呢！旅客再跑到衙門，把情形告訴了縣尉。

如果你是河陽縣尉，碰到這個案子，有沒有辦法抓到偷鞍韉的賊人呢？

張文成很聰明，他吩咐旅客不要餵這匹驢子吃任何東西，解開拴牠的轡繩，派兩名捕快跟著驢子，看牠往那兒走。

驢子給餓了大半天，沒有東西吃，就朝昨晚餵牠的老地方去，一直走到偷驢者的家門前。捕快進屋去搜，結果在那戶人家柴房的草堆裡找到了丟失的鞍韉，連同偷驢的人一同抓回衙門裡交給縣尉審判。

唐朝人裴子雲作河南新鄉縣縣令的時候，境內有個老百姓叫王敬，被徵召到邊疆當兵。王敬走時留下六頭母牛在舅舅李進家，五年內生了三十頭小牛。後來王敬回來，向舅舅要牛，李進說：「母牛已經死了兩頭。」只還給外甥四頭老母牛，不承認那三十頭牛是外甥的母牛所生的。

王敬不服，就到衙門裡向縣令告狀。牛不會說話喊娘、又沒有身份證，沒法判別那三十頭牛到底是不是王敬的牛生的；如果你是縣令，要怎樣審問出實情來呢？

裴子雲很聰明，他假裝把王敬關進監獄，然後派衙役以「偷牛犯」的罪名傳喚李進。李進來到公堂時，裴子雲對他大聲喝斥道：「有個賊供出了你偷了人家三十頭牛，現在藏在你的莊子上。」隨即吩咐左右把那個賊帶上來與李進對質。

公差把布罩子套住頭的王敬帶上堂來，讓他站在廳堂南邊的牆角下，要李進從實招來。李進急了，因爲如果按照唐朝法律，牛、馬有軍事用途，偷盜牛、馬的罪要比偷盜其他牲畜嚴重，偷盜三十頭牛要判處絞刑，他大聲辯白說：「那三十頭牛全是我外甥的母牛生的，怎麼會是偷盜而來的呢？請大人明察。」他一心只想脫罪，怎知外甥就站在一旁？

裴子雲叫人揭去王敬的頭罩，傳他上前，對李進說：「你既招了這三十頭牛是你外甥王敬的母牛所生，本官判你將牛全數還給王敬。」又對王敬說：「你要送五頭牛給你舅舅，酬謝他替你養牛五年的辛勞。」

唐朝貞觀年間，河南衛州板橋店老闆張逖的妻子回娘家探親。有三個來自河北大名縣的禁衛軍士兵，到板橋店投宿。半夜裡，有人悄悄偷了士兵楊正的刀，把客店老闆張逖殺了，將血刀插入刀鞘，放回楊正的臥房裡。

第二天一早，楊正等人就匆匆上路了，也沒注意到自己的佩刀上有血跡。天亮時，客店夥計們發現老闆被殺了，懷疑是三個士兵幹的，夥同一大票人追趕，結果搜出了血刀，就把楊正等人綁起來送到衙門裡。

衛州的知州認爲楊正三人就是殺人的凶手，又有血刀爲證，就要他們招供。在連番酷刑逼供下，楊正等人終於承認他們殺了老闆張逖，而被判處死刑。

案子呈報到唐太宗那兒，只等皇帝批可後就要行刑，唐太宗卻對此案起了疑心。因爲楊正等人與張逖既無仇怨，又沒有搶劫店家的財物，爲什麼要無故殺人呢？沒有行凶的動機與目的，此事豈不可疑？於是唐太宗命御史蔣常到衛州當地覆核案情，沒有准奏處決楊正等禁衛軍士。

此案一無實證可查，二無關係人可尋，加上距離案發時間已久，現場早已破壞，如果你是御史蔣常，你要如何查明眞相、找出眞凶呢？

蔣常到達衛州板橋店以後，就把案發當天曾在客店出入的所有人都集合起來，進行審訊。因爲人沒有到齊，下午時就把衆人都放回去了，約定明日再審，唯獨留下一個八十多歲的老太婆，仔細盤問到傍晚才放她回去。

老太婆走出衙門後，蔣常派管理監獄的獄典暗中跟踪老太婆，吩咐如果有人找她說話，就暗中把那人的名字記下來。

老太婆走出去後，果然有一個人向她打聽御史問了她那些事情。一連數天，老太婆都是最後才被放回，每回都是這個人向她打聽御史如何審問。

蔣常獲報後，派人把這個向老嫗打聽消息的人抓起來審問，那人無法自圓其說，終於承認和老闆張逖的妻子通姦，因而借刀殺人，以圖長久之歡。於是奸夫淫婦同遭判刑，楊正等三人則死裡逃生、無罪開釋。

蔣常深刻了解犯罪者的心理狀態，隨時擔心東窗事發，對案情調查的發展格外關心，加上八十多歲的老嫗比較愚昧可欺、不會懷疑他人，就急於向對方探聽虛實；那知老嫗是要命的「誘餌」，罪犯終於被持竿垂釣的蔣常誘上了鉤呢！

北宋人張杲卿在擔任潤州（今江蘇鎮江縣）知府時，遇見一樁命案：某個婦人丈夫外出數日不歸，忽然有人發現在菜園的井裡有個死人，婦人驚慌地跑去井邊一看，就嚎咷大哭起來，說：「老公啊！你怎麼會死在井裡的啊？」

鄰居見是命案，趕緊向官府報告。

張杲卿帶著屬官來到現場，又召集了鄰里衆人，以進一步了解發現屍體的經過。他要鄰人們往井裡仔細察看，看井裡死的人究竟是誰，鄰居們都說井太深，底下黑黝黝的，只看得出有個死人，要把屍首打撈上來才知道。

讀者們看出破綻來了嗎？張杲卿也已經看出來了。他詰問婦人說：「井底下黑黑的，大家都不知道死者是誰，爲什麼只有妳立刻知道死的是妳丈夫呢？」下令將婦人帶回衙門仔細審問，最後眞相大白，原來是婦人紅杏出牆，與姦夫合謀將丈夫殺死，棄屍於井中，企圖以遭人仇殺蒙混過關，好跟姦夫雙宿雙飛。最後姦夫淫婦被繩之於法，判處了死刑。

有個人控告鄰居偷了他一隻鷄，縣令張杲卿把他的四鄰全部傳喚到堂，一一訊問，衆人環跪堂下，沒有一個人承認自己偷了鷄。

偷鷄的人的確就在堂下，可是要怎樣找出來呢？您想出辦法了嗎？

張杲卿想出來了，他任那些人跪在堂下，不理睬他們，先審理其他的案子。過了好久，審案暫告一段落時，張杲卿疲倦地伸手弓背、張口哈欠地說：「你們暫且先回去好了。」

衆人都站了起來，張杲卿忽然勃然大怒地拍案喝道：「偷鷄賊竟然也敢站起來想回去嗎？」

那個偷鷄的人一聽，不由自主地又跪了回去。張杲卿瞪著他看，那人就招了。

偷鷄算不上什麼大案子，可是眞要破它卻很不容易，因爲順手偷鷄，沒有現場可以勘查、沒有痕跡可以追尋，特別在被宰殺食用後更是如此，鷄又不是希罕之物，沒有確鑿的證據，誰會輕易招認自己偷鷄呢？張杲卿卻機智過人，充分利用小偷「做賊心虛」的心理，小偷總是表面故作鎭靜，腦子裡卻一直擔心露出破綻而被抓，所以設計一嚇，就露出了偷鷄賊的狐狸尾巴來。

金朝時，河南滎陽縣有個人叫李復亨，他聰明好學，十八歲就考上進士，從此仕途得意，一直作到金宣宗時的參知政事。

李復亨在擔任河北省南和縣令時，碰到一樁訟案，有個農民跑來訴冤，說家裡的牛不知被誰把牛耳割去了。

李復亨親自到農夫家，看了看受傷的牛，對農夫說：「不偷牛卻只割牛耳，可見不是一般竊賊歹徒幹的，而是某個跟你有仇的鄰居幹的。」便把附近所有的鄰居全都召集來，站在牛主家的晒穀場上。

割牛耳的人的確就在人群中，但是壞人臉上又沒有刺字，要怎樣找出他來呢？問牛主和誰結怨嗎？也許可行，但未必行得通。結怨的人可以否認行兇，這裡面沒有必然的因果關係。

李復亨很高明，他也不問牛主和那個鄰居結怨，他叫大家站一排，彼此間隔五步，然後要牛主牽出受傷的牛，從一排人的這頭走到那頭，牛走到當中一人面前時，突然驚跳不前，怎麼拉牠也不肯再去。

牛可是認得割牠耳朵的兇手的呢！

清朝中葉時，西安府知府鄧廷楨接到一件已經定讞的死刑案，在漢中軍營裡有個士兵名叫鄭魁，被控在包子裡放砒霜把一個跟他吵過架的仇人毒死了。一審的判牘上有賣砒霜的人簽名畫押，說鄭魁確實來買過砒霜；有賣包子小販的簽名畫押，說鄭魁在某月某日的確曾跟他買過包子；鄭魁雖然口稱冤枉，沒有毒死仇人，一審的法官卻判他有罪，判處了死刑。

死刑的案子需經上級會審，因而到了鄧廷楨手中。他把原案的判牘看了一遍，覺得頗有可疑，（讀者們看出可疑之處了嗎？）就悄悄把賣包子的那個小販找來，問他說：「你一天賣幾個包子？」

「兩、三百個不一定，要看生意好壞。」

「一個顧客平均大約買幾個包子？」

「大概三、四個吧。」

「那麼你每一天總要接觸將近一百名的顧客嘍。」

賣包子的點了點頭。

「每天近百名顧客他們的相貌、姓名和買包子的時間，你都能記得嗎？」

賣包子的回答說：「不能。」

鄧廷楨說：「既然如此，那麼你爲什麼單獨記得鄭魁在某月某日買了你的包子呢？」

賣包子的小販聽了，吃了一驚，張口結舌答不上話。鄧廷楨一再追問，小販才說：「我本來記不得鄭魁有沒有跟我買過包子，是縣裡的差役來找我說：『衙門裡審問一個殺人犯，他已經認罪了，只缺少一個賣包子的證人，你出來作證吧。』小的便出來作證、簽名畫押了。」

鄧廷楨又把賣砒霜的人找來，證明鄭魁的確來買過砒霜，因爲砒霜是毒藥，賣的時候他特別注意看了看鄭魁。

鄧廷楨重新開棺驗屍，發現死者嘴唇發青，是死於狂犬病，與服下砒霜後七竅流血的徵狀不同；再問鄭魁買砒霜何用？鄭魁回答說是爲了要毒老鼠，這才弄清眞相，避免一審的知縣以先入爲主的偏見，以爲鄭魁買砒霜一定是爲了要毒死仇家，而枉害了一條人命。

清朝光緒初年，浙江烏程人徐賡陛擔任粵東陸豐縣縣令時，遇到一件訟案：有個老婦人上衙門控告媳婦忤逆不孝。婆婆說，媳婦平日百般虐待，她都忍氣吞聲，今天她過生日，媳婦竟然只給她吃青菜，自己關起門來在房裡喝酒吃肉，她實在忍不下去了，請縣太爺作主，將惡媳痛懲一番，再把她趕出夫家大門。一旁的媳婦聽了，只俯首垂淚，一言不發。

如果你是縣令，你要如何審判誰是誰非呢？

徐賡陛聽了，對老婦人說：「媳婦不孝眞是可惡，本縣官爲民父母，卻不能教育感化令媳，實在萬分慚愧。今天是妳的生日，我替妳祝壽，讓妳們婆媳和好如初，妳覺得好嗎？」

老人婦聽了，叩頭稱謝。

徐賡陛命人在堂上設一張桌子、兩把椅子，要婆媳就座，又吩咐廚房煮兩碗壽麵來，請兩人吃。吃完後，徐賡陛與老婦人閒話家常，問她生活近況，又繼續審問其他的案子，不馬上打發婆媳二人回去。過了不到一盞熱茶的工夫，婆媳兩人都忍不住當衆大吐，婆婆吐出來的都是魚肉，媳婦吐的只有青菜。徐賡陛厲聲責備了老婦一頓，不准她再虐待媳婦；老婦慚惶地叩頭請罪，悻悻然退出了公堂。

原來徐賡陛要廚子在煮麵時，往麵裡下了催吐的藥。

（民國八十四年一月五月中時晚報）

如何購買大地叢書

書店實施「零庫存」，各出版社又不斷有新書出版，在書店有限的空間裡，無法保證不斷貨，如果您在書店找不到某一本想購買的書，還有以下方法找得到你想要的書。

1、只要你記得作者與書名，向書店訂購，書店會給你滿意的答覆。
2、如果書店的服務人員對你說「書已斷版」或「賣完了」你可打電話到本社
   TEL：〔02〕2627-7749 或
   FAX：〔02〕2627-0895 查詢。
3、以由劃撥方式函購，劃撥帳號：0019252-9
   戶名：大地出版社
4、大台北地區讀者，如一次購買二十本以上，本社請專人送到府上，且有折扣優待。
5、本社圖書目錄函索即寄。

大地圖書分類目錄(一)

編號	書　　名	作　者	訂　價	圖書類
01030001	講理	王鼎鈞著	200	大地文學
01030002	在月光下飛翔	宇文正著	220	大地文學
01030003	我的肚臍眼	殷登國著	180	大地文學
01030004	笑談古今	殷登國著	200	大地文學
01010040	風樓	白　辛著	85	大地文學
01010120	蛇	朱西甯著	105	大地文學
01010130	月亮的背面	季　季著	120	大地文學
01010150	大豆田裡放風箏	雨　僧著	160	大地文學
01010200	張愛玲的小說藝術	水　晶著	150	大地文學
01010220	美國風情畫	張天心著	160	大地文學
01010250	白玉苦瓜	余光中著	150	大地文學
01010270	霜天	司馬中原著	60	大地文學
01010290	響自小徑那頭	劉靜娟著	95	大地文學
01010300	考驗	於梨華著	165	大地文學
01010310	心底有根弦	劉靜娟著	90	大地文學
01010400	台灣本地作家小說選	劉紹銘編	110	大地文學
01010470	夢迴重慶	吳　癡著	130	大地文學
01010490	異鄉之死	季　季著	100	大地文學
01010500	故鄉與童年	梅　遜著	90	大地文學
01010520	當代女作家小說選集	姚宜瑛編	80	大地文學
01010540	域外郵稿	何懷碩著	90	大地文學
01010640	驀然回首	丘秀芷著	90	大地文學
01010650	敻虹詩集	敻　虹著	160	大地文學
01010660	天涯有知音	張天心著	85	大地文學
01010710	林居筆話	思　果著	95	大地文學
01010720	蘇打水集	水　晶著	90	大地文學
01010730	藝術、文學、人生	何懷碩著	140	大地文學
01010790	眼眸深處	劉靜娟著	85	大地文學

大地圖書分類目錄(二)

編號	書　　名	作　者	訂　價	圖書類
01010810	香港之秋	思　果著	150	大地文學
01010820	快樂的成長	枳　園著	110	大地文學
01010830	我看美國佬	麥　高著	95	大地文學
01010910	你還沒有愛過	張曉風著	120	大地文學
01010930	這樣好的星期天	康芸薇著	85	大地文學
01010970	談貓廬	侯榕生著	85	大地文學
01010990	五陵少年	余光中著	120	大地文學
01011010	七里香	席慕蓉著	130	大地文學
01011020	明天的陽光	姚宜瑛著	140	大地文學
01011050	大地之歌	張曉風編	100	大地文學
01011070	成長的喜悅	趙文藝著	80	大地文學
01011090	河漢集	思　果著	85	大地文學
01011140	眾神	陳　煌著	100	大地文學
01011170	有情世界	薇薇夫人著	85	大地文學
01011190	松花江畔	田　原著	250	大地文學
01011200	紅珊瑚	敻　虹著	85	大地文學
01011210	無怨的青春	席慕蓉著	150	大地文學
01011260	我的母親	鐘麗慧編	110	大地文學
01011300	快樂的人生	黃　驤著	150	大地文學
01011310	剪韭集	思　果著	95	大地文學
01011320	我們曾經走過	林雙不著	120	大地文學
01011330	情懷	曹又方著	120	大地文學
01011340	愛之窩	陳佩璇編	90	大地文學
01011380	我的父親	鐘麗慧編	150	大地文學
01011390	作客紐約	顧炳星著	160	大地文學
01011420	春花與春樹	畢　璞著	130	大地文學
01011440	鐵樹	田　原著	170	大地文學
01011450	綠意與新芽	邵　僴著	120	大地文學
01011470	火車乘著天涯來	馬叔禮著	95	大地文學

大地圖書分類目錄㈢

編號	書　　名	作　者	訂　價	圖書類
01011480	歲月	向　陽著	75	大地文學
01011490	吾鄉素描	羊　牧著	100	大地文學
01011510	三看美國佬	麥　高著	100	大地文學
01011520	女性的智慧	吳娟瑜著	125	大地文學
01011530	一個女人的成長	薇薇夫人著	85	大地文學
01011570	綴網集	艾　雯著	80	大地文學
01011580	兩代	姜　穆著	120	大地文學
01011610	一江春水	沈迪華著	130	大地文學
01011640	這一站不到神話	蓉　子著	100	大地文學
01011650	童年雜憶—吃馬鈴薯的日子	劉紹銘著	100	大地文學
01011660	屠殺蝴蝶	鄭寶娟著	100	大地文學
01011680	五四廣場	金　兆著	100	大地文學
01011700	大地之戀	田　原著	180	大地文學
01011710	十二金釵	康芸薇著	100	大地文學
01011720	歸去來	魏惟儀著	150	大地文學
01011760	一個女人的成長（續集）	薇薇夫人著	90	大地文學
01011770	一步也不讓	馬以工著	120	大地文學
01011780	芬芳的海	鍾　玲著	110	大地文學
01011790	故都故事	劉　枋著	110	大地文學
01011840	煙	姚宜瑛著	110	大地文學
01011850	寄情	趙　雲著	90	大地文學
01011860	面對赤子	亦　耕著	120	大地文學
01011870	白雪青山	墨　人著	250	大地文學
01011970	清福三年	侯　楨著	120	大地文學
01011980	情絮	子　詩著	120	大地文學
01012000	愛結	敻　虹著	100	大地文學
01012010	雁行悲歌	張天心著	125	大地文學
01012020	春來	姚宜瑛著	160	大地文學
01012030	綠衣人	李　潼著	160	大地文學

大地圖書分類目錄(四)

編號	書名	作者	訂價	圖書類
01012040	恐龍星座	李 潼著	170	大地文學
01012050	想入非非	思 果著	150	大地文學
01012080	神秘的女人	子 詩著	110	大地文學
01012100	人生有歌	鍾麗珠著	150	大地文學
01012110	樹哥哥和花妹妹（上）	林少雯著	250	大地文學
01012120	樹哥哥和花妹妹（下）	林少雯著	250	大地文學
01012180	張愛玲與賴雅	司馬新著	280	大地文學
01012200	張愛玲未完	水 晶著	170	大地文學
01012220	初挈海上花	陳永健著	170	大地文學
01012230	條條大道通人生	謝鵬雄著	160	大地文學
01012240	觀音菩薩摩訶薩	夐 虹著	160	大地文學
01012250	宗教的教育價值	陳迺臣著	120	大地文學
01012260	破巖詩詞	晞 弘著	130	大地文學
01012270	孫中山與第三國際	周 谷著	280	大地文學
01012310	枇杷的消息	張 錯著	160	大地文學

大地圖書分類目錄(五)

編號	書　　名	作　者	訂　價	圖書類
01050001	同情的罪	沈　櫻著	220	大地譯叢
01050002	毛姆小說選集	沈　櫻譯	200	大地譯叢
01050003	悠遊之歌	沈　櫻譯	改版中	大地譯叢
01050004	一切的峰頂	沈　櫻譯	改版中	大地譯叢
01050006	芥川獎作品選集（Ⅱ）	劉慕沙譯	改版中	大地譯叢
01010060	斑衣吹笛人	吳奚真譯	65	大地譯叢
01010080	芥川獎作品選集（Ⅰ）	劉慕沙譯	115	大地譯叢
01010280	聖女之歌	張秀亞譯	185	大地譯叢
01010390	金閣寺	鍾肇政、張良澤譯	90	大地譯叢
01010420	飄蕩的晚霞	李牧華譯	70	大地譯叢
01010440	微笑	李牧華譯	70	大地譯叢
01010510	玉人何處	崔文瑜譯	145	大地譯叢
01010590	梵谷傳（上）	余光中譯	160	大地譯叢
01010591	梵谷傳（下）	余光中譯	160	大地譯叢
01010600	科西嘉的復仇	劉光能譯	70	大地譯叢
01010610	英文散文集錦	吳奚真譯	150	大地譯叢
01010760	莫斯科的寒夜	夏濟安譯	165	大地譯叢
01010800	林肯外傳	張心漪譯	110	大地譯叢
01010860	一位陌生女子的來信	沈　櫻譯	130	大地譯叢
01010900	女性三部曲	沈　櫻譯	130	大地譯叢
01010960	迷惑	沈　櫻譯	75	大地譯叢
01011030	殘百合	張心漪譯	65	大地譯叢
01011270	不可兒戲	余光中譯	120	大地譯叢
01011620	變色蝶	嶺　月譯	175	大地譯叢
01011670	織工馬南傳	梁實秋譯	120	大地譯叢
01011750	白夜	嶺　月譯	120	大地譯叢
01011880	嘉德橋市長	吳奚真譯	270	大地譯叢
01011940	儷人行	劉慕沙譯	150	大地譯叢

大地圖書分類目錄㈥

編號	書　　名	作　者	訂　價	圖書類
01012060	溫夫人的扇子	余光中譯	130	大地譯叢
01012170	理想丈夫	余光中譯	150	大地譯叢

大地圖書分類目錄(七)

編號	書　　名	作　者	訂　價	圖書類
01040001	老古董	唐魯孫著	200	生活美學
01040002	酸甜苦辣鹹	唐魯孫著	220	生活美學
01040003	大雜燴	唐魯孫著	200	生活美學
01040004	南北看	唐魯孫著	200	生活美學
01040005	中國吃	唐魯孫著	200	生活美學
01040006	什錦拼盤	唐魯孫著	200	生活美學
01040007	說東道西	唐魯孫著	220	生活美學
01040008	天下味	唐魯孫著	220	生活美學
01040009	老鄉親	唐魯孫著	200	生活美學
01040010	故園情（上）	唐魯孫著	180	生活美學
01040011	故園情（下）	唐魯孫著	180	生活美學
01040012	唐魯孫談吃	唐魯孫著	180	生活美學
01040014	吃的藝術（續集）	劉　枋著	改版中	生活美學
01010320	吃的藝術	劉　枋著	90	生活美學
01011400	穿越大峽谷	梁丹丰著	100	生活美學
01011410	南亞牛鈴響	程榕寧著	160	生活美學
01011430	我的公公麒麟童	黃敏禎著	120	生活美學
01011460	流行歌曲滄桑記	水　晶著	150	生活美學
01011500	章遏雲自傳	章遏雲著	90	生活美學
01011560	金鷹行	梁丹丰著	120	生活美學
01011600	時代的臉	謝春德攝	360	生活美學
01011910	國劇名伶軼事	丁秉鐩著	120	生活美學
01011920	孟小冬與言高譚馬	丁秉鐩著	130	生活美學
01011930	青衣、花臉、小丑	丁秉鐩著	110	生活美學
01011950	紅樓夢飲食譜	秦一民著	180	生活美學
01011990	喫遍天下	趙繼康著	130	生活美學
01012070	書趣	奚椿年著	180	生活美學
01012150	畫外音（上）	吳冠中著	250	生活美學

國家圖書館出版品預行編目資料

笑談古今 / 殷登國著. -- 一版. -- 臺北市：
大地, 2000〔民 89〕
面；　公分. --　(大地文學；4)

ISBN　957-8290-17-9 (平裝)

855　　89004199

笑談古今

大地文學 4

作　　者：殷登國
創 辦 人：姚宜瑛
發 行 人：吳錫清
主　　編：陳玟玟
封面設計：曾堯生
法律顧問：余淑杏律師
出 版 者：大地出版社
台北市內湖區環山路三段二十六號一樓
劃撥帳號：〇〇一九二五二一―九
戶　　名：大地出版社
電　　話：(〇二) 二六二七七七四九
傳　　真：(〇二) 二六二七〇八九五
印 刷 者：聖峰美術印刷有限公司
一版一刷：二〇〇〇年五月

定　　價：二〇〇元

E－mail：vastplai@ms45.hinet.net　　Printed in Taiwan

大地 大地 大地 大地 大地 大地 大地 大地 大地